U0020658

The Girl Who Brought Mischief

惡作劇女孩

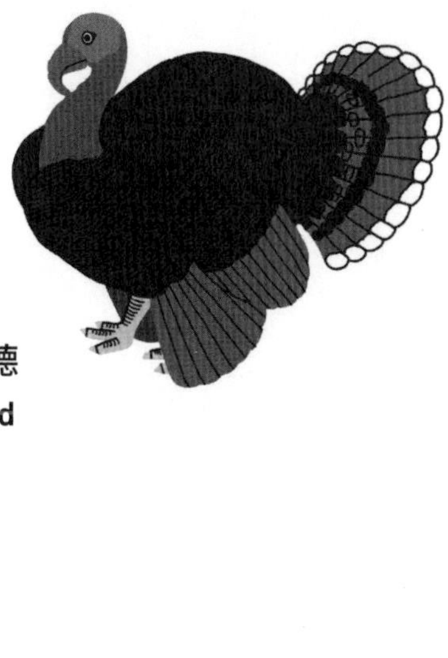

卡崔娜・南斯塔德

Katrina Nannestad

王翎／譯

獻給大丹狗
是你將我帶到安徒生童話的故鄉
介紹我認識煙燻鯡魚、單腳跳舞，和冬季裡擠滿哼哧小豬和溫馴乳牛的穀倉

每個人的人生，都是神親手寫下的童話。

——安徒生

目次

專家導讀

愛不是束縛與規訓，而是真誠的陪伴

李威使／閱讀推手

想像一下，如果你是十歲的小孩，獨自來到陌生的環境，跟一個不熟悉的親戚住在一起，你會怎麼面對這樣的生活？

《惡作劇女孩》描述了十歲小女孩獨自坐船，從哥本哈根去波霍姆島找外婆，準備展開新的生活。

書本一開場，就讓人冒出好多問號：她的家人呢？為什麼她要獨自搭船從哥本哈根到波霍姆島？我查了一下地圖，距離約兩百多公里，而且那是在交通不便的一九一一年。背後似乎有個哀傷的故事。

然而，小女孩說「我不想談這件事，一定會害我很想哭」。

放下這些疑問，繼續閱讀下去。外婆在港口等候小女孩。這是她第一次見到外婆，但是，外婆看起來一點都不溫柔，沒有見面的擁抱，甚至因為一點小事打了小女孩。我開始擔憂小女孩往後的日子不好過，難道這是本像《悲慘世界》一樣的故事？

我們跟著小女孩一起認識外婆家所在的小島波霍姆，這裡跟她原本住的大城市哥本哈根很不一樣。這裡的人好沉悶，生活中沒有輕鬆的聊天、幽默或分享心情，即使好友來拜訪，也只是平靜的交談無關緊要的話題。這裡的學校好古板，女生只能玩安靜的遊戲、不能大笑、畫畫只能畫規定的房子，更不用說要反覆抄寫的拼字作業了，學校的一切規矩簡直就像繩子般緊緊勒住小女孩。

不過請放心，接下來的故事愈來愈明亮輕盈。外婆像冰山一樣嚴厲古板的外在，在小女孩天真善良又鬼靈精怪的照耀下，一點一滴融化成溫暖的懷抱。

從小女孩的眼睛看出去，世界充滿了新奇與好玩的探險值得去探索，但在大人眼中，這些舉動都是調皮搗蛋的惡作劇。小女孩一次又一次的闖禍，一方面讓人為她捏一把冷汗，卻也看到原本僵硬的規矩開始慢慢有彈性、恢復生機。本以為嚴肅的外婆，內心對小女孩有擔憂也有溫柔，所以願意讓小女孩用無限的想像力，一點一滴改變小島平淡無奇的生活。

不管是大人還是小孩，我們是否以為所謂的「長大成熟」，就是要訂下很多規矩，或者將有趣的事情變得嚴肅無趣？

真心推薦這個明亮輕快的故事，它提醒我們，人不是老了才變無趣，而是無趣了才變老。愛，也不是束縛與規訓，而是真誠的陪伴。

專家導讀

勇敢學習「失去與悲傷」的生命必修課

蔡明灑／朗朗小書房創辦人、新竹市共讀推廣協會講師

《惡作劇女孩》的故事從一隻山羊吃掉小女孩的半邊頭髮開始，述說十歲的英格瑪莉亞因為變故，不得不離開大都會哥本哈根舒適的現代環境，隻身前往古老簡樸的小島波霍姆依親未曾謀面的外婆，就此展開一連串對現代孩子來說難以想像、不可思議的各種情節。不管是熱鬧喧騰的動物農場，百年前充滿性別歧視的小學校園，還是孤苦無依不得溫飽的孤兒等等，充滿了各種驚異，是一本翻開書頁便引人入勝，欲罷不能的精采小說。

除了情節引人之外，作者以第一人稱的寫作手法，用孩子純真而樂觀的口

吻娓娓道來面臨生命困頓、環境驟變之時，內心反覆交織的歡喜悲傷；更以貼近孩子的觀點與視角，探究親情、生命、威權、性別、謊言、人性、死亡等等議題，帶領讀者咀嚼思索人生的真義。

好的兒童文學作品，讓孩子在其中照見自己，認識自我。更可貴的是，在這個對孩子誤解過多的社會裡，還能幫助成人看見孩子值得珍惜欣賞的人性本質與真實原貌。在《惡作劇女孩》裡，我們見到孩子天馬行空的各種想像、與湯匙等無生物對話的「萬物有靈」觀，以及孩童那與生俱來的「生之勇氣」：每當遇到困境，英格瑪莉亞自我喊話：「我要當個勇敢的女孩」「我要媽媽以我為榮」、在校園向師長慷慨陳義爭取和男孩相同的待遇等。孩子的真摯與義無反顧，每每讓身為成人的我們動容與省思。

而擁有一雙澄澈眼睛的外婆也不時展現對孩子的深度理解與寬容大度，面對英格瑪莉亞調皮犯錯後的道歉，外婆給予的是溫暖而堅定的回覆：「妳不是壞孩子，而且妳以後絕對會再調皮搗蛋，所以，不要承諾妳做不到的事。」如此洞見與溫暖，展現了恢宏的生命觀與兒童觀，頗值得過度焦慮的現代家長借鏡。

推廣親子共讀多年，非常欣慰在這本書裡不時遇見共讀的美好：「每次我或媽媽難過的時候，我們就會像豆莢裡的兩顆豌豆一樣挨緊彼此，一起讀〈國王的新衣〉。」和外婆共讀〈幸福的家庭〉後的深情對話，令她開始覺得「這裡就是我的家」。而面臨失去摯愛逃無可逃的巨大悲傷，英格瑪莉亞更彷如〈賣火柴的小女孩〉，透過緬懷與母親共讀《安徒生童話》的回憶所散發的微光，度過每一次深切思念的苦痛。身為成年人，讀到外婆說「有人離開我們的時候，傷心難過也沒關係，這表示我們很幸福。在人生中遇見自己特別喜愛的人，因為他們有了很特別的體驗，是很幸福的事」，竟也不由自主的萬般感觸，紅了眼眶。閱讀帶領我們看見現實人世的不完滿，卻也在別人的故事裡，學習失去與悲傷這門人生必修課，從中得到生命的能量與養分。

誠摯推薦這個由波霍姆島美麗的自然風土，充滿生命力的小人物日常和

《安徒生童話》溫暖的人文關懷所交織出散發濃濃丹麥風情的動人故事，給小學中年級以上的孩子。值得一提的是，這本書的文字充滿音韻節奏的趣味與美感，低年級的孩子也會深深喜愛，很推薦家長用朗讀的方式和孩子一起親子共讀。

一九一一年
在丹麥的波霍姆島

第1章

感激的山羊和會講話的湯匙

我在這裡，覺得自己好丟臉。

我坐在木條箱上，夾在擠滿滿的一籠鵝和一隻山羊中間。靠鵝群太近，牠們就朝我又吼又啄。雖然我的大衣很厚，被啄到也不會痛，還是讓我很想哭。靠山羊太近，牠又會啃我的辮子。一邊的辮子已經比另一邊短了十公分，綁頭髮的緞帶也沒了，也讓我好想哭。

我可以站起來，但是船搖晃顛簸得很厲害，站起來可能會跌倒。而且甲板上溼答答的都是水，還有糞便和魚內臟，就算沒跌倒，也可能撞到其中哪個漁夫。他們因為要多載一個十歲小孩，已經很不高興了。漁夫都覺得船上有小孩會帶來不幸，如果載的是小女孩，那更是大大不幸。

我也可以去坐在那個老人和他暈船的豬旁邊，但他可能會問我，為什麼要一個人大老遠從哥本哈根[1]坐船去波霍姆島[2]。我不想談這件事，一定會害我很想哭。

「山羊沒有那麼壞。」我告訴自己。牠好臭，但是牠很友善，而且似乎不介意我靠牠那麼近。牠既柔軟又溫暖，讓我想起在爐火前依偎在媽媽身邊的時光，聽媽媽唸我最喜歡的故事。我用紅色羊毛圍巾裹住頭，連頭髮一同包起來，將臉頰靠在山羊身上，閉起眼睛，一滴眼淚沿著臉頰流下來。

「傻瓜。」我對自己說。淚水流到嘴巴旁邊，我伸出舌頭舔掉。

我不會讓自己丟臉的。

「我會當個勇敢的女孩，」我對山羊說起悄悄話：「我要讓媽媽以我為榮。」

然後我就睡著了。

---

1 丹麥首都。

2 位於瑞典和波蘭之間，波羅的海上的一座小島，是丹麥的領土。

外婆到斯瓦內克的港口接我。我從來沒見過外婆，但我知道是她，因為港口上除了她，其他都是男人。外婆個子又矮又圓，活像個大木桶。她穿了一身黑，從頭巾、連身裙、靴子到披肩都是黑色，連眼睛都是黑色的，好像嵌在皺巴巴灰白臉上的兩粒葡萄乾。外婆臉上沒有一絲笑容。

我在想，外婆的及膝燈籠內褲會不會也是黑色的？不管是誰，要是穿了顏色灰暗的內衣褲，應該都笑不出來。

外婆在陸地上等著，讓我一個人從跳板下船，然後走過長長的石砌碼頭。我一路上都孤單一人，外婆卻連旅途的最後一段都要我獨自完成。

不知道為什麼，我覺得自己光溜溜的，重心好像歪一邊。等走到外婆跟前，我才恍然大悟。

外婆驚訝得倒抽一口氣：「孩子，妳的頭髮怎麼了？」

我摸了摸頭，原本有一根金色長髮辮的地方，只剩下一叢刺刺的髮根。是山羊！我睡著的時候，牠吃光了我半邊頭髮。

眼眶裡有熱燙的淚水在打轉，但是我不會讓眼淚掉下來。我絕不會讓自己丟臉。不管右半邊的頭再怎麼禿，不管我多麼希望媽媽在這裡，不管要等多久外婆才會抱抱我、跟我說她很高興看到我。

「孩子，妳待在這。」她說，然後沿著碼頭走去，對幾個男人發號施令。我帶了一口超大的行李，讓外婆不太高興。箱子太大，只能之後用手推車運到家裡。她說造成對方的麻煩了，她得付錢。

她的意思是——我造成她的麻煩了。

我心想，英格瑪莉亞・簡笙，不用屏住呼吸指望外婆抱妳一下了。

船上的老人手裡拉了根繩子，牽著山羊走過。牠朝我咩咩叫，我想牠是在說：「謝謝妳，午餐很好吃。」但是我實在心煩意亂，沒辦法回答：「不客氣。」

接著牠就挨老人罵了。我想，或許山羊也覺得很孤單難過，所以我心軟了。

「祝你晚上愉快！」我在牠身後喊，還揮揮手。

外婆翻了翻白眼、拽著我的手臂將我拉到路上。她甚至不肯牽我的手。

❁

回家的路途漫長又寒冷。雖然已經三月下旬，冬天應該早就結束，但我們走到外婆的農莊時，天空還是下起了雪。我的腿好痠，臉凍得都痛了，甚至不想停下來堆雪人。每多一片雪花落在頭上，半禿的地方就一陣刺痛。

外婆家很漂亮，是明亮的紅色，黑色木柱支撐著紅色牆面，就像草莓加甘草。屋頂上雖然積了一層糖霜似的白雪，還是看得出是乾草鋪成的。我看了之後稍微開心起來，至少外婆不是住在山洞或樹洞裡——真的有可能發生啊，我在童話故事裡看過。

屋裡溫暖舒適，但這是老太太的家。壁爐邊有一把搖椅、放棒針毛線的籃子，一張小桌上放了一盞燈和《聖經》。沒有裡頭全是彩色圖片的故事書，沒有貓咪蜷縮在壁爐邊，沒有軟綿綿大靠椅讓兩個人並肩坐下，相互依偎著唸故事、談天說地，分享彼此一天的點點滴滴。

「好了，孩子，」外婆忽然開口：「別只顧張嘴瞪眼呆站在那裡，活像隻燻鯡魚。妳再不進來把門關上，不只牆壁被風吹得冷冰冰，屋裡都可以滑雪了。」

我抬頭看外婆，想著她剛剛可能只是在開玩笑。但外婆皺眉的樣子就像食人巨怪。我擠出笑容，指著被風吹進門口、正朝外婆飄去的一片雪花。我還來不及反應，伸出的手忽然熱辣發痛，還留下泛紅指印。

外婆打了我一下！

她大步走過我身邊，用力將門關上。

「表現得和野蠻人一樣！」她斥責：「指手畫腳、大驚小怪，把外婆的話當耳邊風！」

我瞪著她，下脣不斷顫抖。

我不會哭的，我在心裡對自己說。我不會讓自己丟臉的。

但是我不知道她為什麼打我。我只是想指給她看，美麗的雪花在地板上跳舞。

我甚至不知道「野蠻人」是什麼意思。

我從來不曾挨打。媽媽的手只會用來抱我，幫我繫絲帶和扣鈕釦，或是輕撫我的臉頰和頭髮。

外婆撣了撣我的大衣和圍巾，用一條冰冷的溼布幫我把臉抹乾淨，帶我到廚房餐桌旁坐下，端來一碗熱騰騰的湯。

我餓極了。昨天漁船離開哥本哈根後，我就沒再吃過東西。當你看著魚內臟在腳邊滑來滑去，旁邊還有一隻暈船的豬在呻吟，要吃東西還真不容易。我的胃好像縮成頂針那麼小，現在才哀求我趕快用食物把它撐大一點。

外婆開始禱告：「主耶穌，請來作客。讓祢的恩賜蒙受祝福。」然後點頭示意我可以開動。

湯看起來很美味：冒著熱氣的肉湯裡滿是麵糰和肉丸，擠在大塊的洋蔥和紅蘿蔔裡快活漂動。

但更讓我驚喜的，是手邊放著一支美麗的湯匙。大湯匙閃閃發光，握柄上還裝飾著花朵圖案。這支湯匙一定是女生，說不定還會講話呢。真的有這種湯匙，我知道，故事書裡講過。

我拿起湯匙然後說：「漂亮的湯匙，謝謝妳的幫忙，讓我可以吃東西。」

外婆翻了翻白眼，開始喝她的湯。

我朝湯匙微微一笑，開始用餐，一口吃得比一口快。湯實在太可口了，我覺得肚子開始撐大，僵掉的臉也解凍了。雖然沒吃飽，喝完之後我還是說：「謝謝外婆。」

外婆看起來很滿意，把白麵包放到我面前。不是一片，是三片。然後把一碗果醬和一小塊奶油擺在桌上。

我的口水都快流下來了，肚子也咕嚕咕嚕直叫，催著我狼吞虎嚥，但我有點擔心會不會有什麼陷阱。也許外婆是在考驗我，看我是不是跟野蠻人一樣貪心的小孩。

我端坐桌旁，雙手守規矩的疊在腿上，比耶誕夜等著變大餐的鵝還要悲慘。外婆在廚房裡忙著張羅，用大壺燒水泡茶。她裝成很忙碌的樣子，但我知道她正用眼角餘光偷偷觀察我。

燭光下的奶油朝我眨著眼，要我趕快吃它，果醬散發的光澤，就像一百萬顆黑莓集合起來那麼美妙。最後我餓得一刻也等不及了，用餐刀切下奶油，在柔軟的白麵包塗上厚厚一層，再把湯匙伸進果醬碗，舀起滿滿一大匙抹在麵包上。外婆還來不及阻止，我已經將整片麵包一口塞進嘴裡。

外婆端著自己的茶和給我的牛奶在餐桌旁坐下時，我已經大口吞下三片麵包。桌上殘餘的奶油看起來就像剛遭到飢餓的山怪攻擊，果醬碗也見底，只剩幾粒黑莓籽黏在碗壁。我的臉被最後一片麵包跟果醬撐得鼓鼓的，舌頭在甜味中跳舞，肚子在雀躍歡呼。但我的心裡，充滿恐懼。

我抬頭望著外婆，她讚許的點點頭。我真不敢相信！她的黑眼睛水汪汪的，眼神柔和，埋在皺紋下的臉龐——我驚訝的嚥了下口水——看起來跟媽媽一模一樣。

「好孩子，」她說：「我最受不了挑食的小孩。上帝賜福，妳的胃口很好。」

我鬆了一大口氣。我很想討外婆歡心，希望她喜歡我，我微笑著說：「謝謝外婆，妳的果醬是我這輩子吃過最美妙的黑莓果醬。」

我將挖果醬的湯匙拿近耳邊。

「小湯匙說，這是她舀過最可口的果醬。她覺得好開心、好甜蜜，樂得暈陶陶的。」

這招似乎很有效。因為外婆雖然又翻白眼，但臉龐看起來還是很像媽媽，而且這天她都沒有再打我了。

※

我睡不著，躺在床上聽外婆的鼾聲。

一般人可能覺得鼾聲很吵，我其實很開心。我從來不用和別人同睡一張床，但我很感謝外婆，沒有叫我去睡屋子裡某個黑漆漆的角落。今天晚上我沒辦法自己一個人。在這個陌生的新家我真的沒辦法；離哥本哈根的公寓那麼遙遠，離媽媽那麼遙遠。

我想到那片跳舞的雪花造成的可怕誤會，害我被外婆打了一下，還挨了一頓罵。我又想到我喝完湯向外婆說謝謝，她滿意的樣子。也許我應該學習，只要有好事發生，不管再怎麼小的事，都要心存感激。外婆就會知道我是有教養的孩子，甚至因此喜歡我。

而且，我在學著適應。人生可能會發生很多可怕的事，所以還能享受美好事物時，我最好多加珍惜。

我依偎到外婆身邊，抱住她柔軟的大肚子。忽然，她發出特別響亮的打呼聲，接著嘴裡咕噥：「哼呼——嘀嘟嘀嘟——噗咻哇多。」然後又恢復原本低沉規律的鼾聲。

我將頭窩在她的胸口，悄悄說：「主啊，謝謝祢賜給我暖呼呼的胖外婆，打起呼來像牙縫塞滿魚的海象。」

「齁呵——波呵——哇嘍噗呼——」外婆咕噥著，好像試著向上帝證明她真的是打鼾高手。最後的噗呼聲特別粗重，我甚至可以感覺到頭頂的髮根都被吹得輕輕抖動。我假裝這是外婆給我特別的晚安吻，像媽媽以前會用她的眼睫毛抵著我，搧呀搧的，然後將嘴唇印上我的額頭。

我探頭在外婆臉上親了一下，悄聲說：「阿門。」

第2章

兔寶寶、故事書和鹹眼淚

「孩子，起床了！」外婆厲聲大喊，將鴨絨被一把掀起。早上的空氣凍得我渾身起雞皮疙瘩。跳下床的我還睡眼惺忪，外婆就將床單拉平塞好，抖了抖鴨絨被，拍了拍枕頭，將棉被完美的平鋪在床上。她站在我面前，兩手插腰、皺著眉頭，像一隻黑色的大山怪。

「孩子，別呆站在那裡！今天要做的事可多著！」

外婆將我的衣服剝光，朝我沖冷水，再將我抹乾，幫我套上昨天穿的衣服。她抽出兩件寬大的套頭羊毛衣，再拿出一條黑色圍巾，在我脖子上裹了三圈，包得我幾乎窒息。我敢說我的眼珠都凸出來了。

她看著我禿半邊的頭，無可奈何的搖了搖頭說：「晚點再來想辦法，動物還在等我們照顧。」

昨天下的雪已經半融，外頭寒冷潮溼，但是當外婆打開穀倉的門，暖和的空氣和動物的溫馨甜味撲面而來。穀倉裡有兩隻毛色金黃的母牛，希爾妲和布洛珊、一隻褐色的驢子李維，以及身形龐大、正在幫十四隻粉紅小豬餵奶的母豬普蘭蒂。母雞和鵝奔來跑去，怎麼數也數不清總共幾隻。還有一隻叫亨利的火雞，塊頭和茶葉箱一樣巨大。

我砰咚砰咚走在外婆後頭，外婆要我穿的木鞋很重，走起路來遲緩笨拙。我沒穿過木鞋，在哥本哈根都穿皮靴，鞋頭很尖、鞋跟小巧，用長絲帶繫住、很漂亮的那種，很輕，穿著也可以蹦蹦跳跳。但是現在，我覺得自己就像找了兩塊木頭，在木頭上各挖一個洞後踩在裡面。真的，雖然雙腳都能保持乾燥溫暖，但我總覺得自己砰咚叩咚、腳步蹣跚走進穀倉的路上，隨時可能摔個四腳朝天。

外婆也穿著木鞋，但她腳步輕盈、活動自如。不知道她是怎麼辦到的？

我在豬圈旁停下來，朝一窩小豬微笑。

「孩子，別太興奮，」外婆提醒我：「牠們是養在農莊的動物，不是寵物。到了秋天要賣掉一半，耶誕節前再吃掉剩下一半。」

驢子聽了大為不滿。牠將雙耳向後平貼、咧嘴齜牙，還翻白眼，就跟外婆一樣！牠生氣的高聲嘶叫，外婆大踏步走到牠身邊揪牠的耳朵。

「李維你這壞脾氣的老糊塗蛋！」她大喊：「等秋天一到，頭一個把你賣了！」

不過我可以從外婆的語氣，還有李維甩著尾巴輕啃她屁股的樣子看出來，她不是認真的。

在外婆指揮之下，我在穀倉裡忙得團團轉：餵飼料，鏟糞鏟草，刷洗清理，推著手推車搬運東西。我清掉幾坨大到可以把整個人淹沒的糞便時，被自己的木鞋絆倒，一頭栽進驢欄裡，差點在糞堆裡滅頂。外婆要我用門邊那桶水把弄髒的臉洗乾淨。雖然感覺得到耳朵裡還有驢糞，但是水那麼冰，不是絕對必要，我真的不想再往臉上潑水。

等外婆擠好牛奶，刮起浮到最上面的乳脂形成的鮮奶油，我已經筋疲力盡。我的肚子咕嚕作響，聲音大到能把閣樓裡的小精靈全都嚇跑。外婆在飼料槽裡倒了一桶已經刮去乳脂的牛奶：「普蘭蒂，把牛奶喝完！」

普蘭蒂溫馴的哼哧幾聲，就開始大口喝牛奶。牠不是不聽話的野蠻人。

我探頭伸過豬圈欄杆，小聲跟牠說：「好孩子，要全部喝光光，還有最後別忘了謝謝外婆給妳美好的一餐。妳不會想挨外婆打的。」

普蘭蒂抬起頭，發出齁齁聲向我道謝。

❊

早餐吃麵包配奶油、燕麥片淋鮮奶油，喝熱巧克力。外婆在我的熱巧克力多加了一匙鮮奶油，但表現得若無其事。

等外婆說完餐前禱告，我向握柄上有花朵的漂亮湯匙道早安，用她舀燕麥片。這是我吃過最棒的早餐！我想到待會兒就得再去穀倉，表示又得穿著笨重的木鞋一路連走帶滑來回，但還是要感謝母牛努力生產牛奶、鮮奶油和奶油。外婆可能覺得我是調皮的小孩，但我不是，媽媽把我教得很好。

這天第一次想起媽媽，讓我覺得比挨打還痛。我放下手裡的熱巧克力，用力閉緊雙眼。

不哭，我告訴自己。但是鹹鹹的大滴眼淚爭先恐後滑落，我還沒反應過來，就把麵包都滴溼了。只過了五分鐘，但麵包吃起來已經不再可口。

❁

吃完早餐之後，一個叫「大塊頭喬格森」的男人送來我的行李箱。我微笑著說：「謝謝你，喬格森先生。」但是他甚至沒有回以微笑。我在想自己是不是又做錯了什麼，就望向外婆尋求指引，她正為了把行李箱從狹小的客廳推到臥室，忙得氣喘吁吁。她給大塊頭兩罐果醬和一打蛋，當麻煩他送行李來的酬勞，等他離開之後就關上門。

我們回到臥室，站在房裡瞪著行李箱。外婆的小木屋裡分成客廳、廚房和臥室。臥室裡有一張床、外婆掛衣服用的兩個掛鈎，和一把木椅。外婆晚上會把假牙和蠟燭放在椅子上。沒有衣櫥、沒有抽屜櫃，也沒有毛毯箱。沒有東西可以讓我放所有剛塞進外婆家的小孩子玩意。

「五樣，」外婆突然開口：「妳可以拿五樣東西出來，還有幾件保暖的衣服，其他東西只能收在穀倉裡。」

外婆抽起臥室地板上的地毯，拿到屋外掛在晒衣繩上，開始拍去地毯上的沙土。

我打開行李箱，深吸了一口氣。聞起來有家的味道：我聞到哥本哈根，聞到客廳、我的臥房，聞到公寓對面公園的草地，漢萊太太的小點心鋪，停在窗台的鴿子，聞到媽媽以前每個星期五買來放在壁爐上的紫羅蘭。最重要的是，聞起來有媽媽的味道。

看著箱子裡的所有寶貝，我怎麼可能只選五樣？但是當我望向窗外，看到外婆使勁拍打地毯，就好像地毯很調皮，必須狠狠教訓一頓，我想我最好照她的話做。

第一個拎出來的，是我最寶貝的那本《安徒生童話》。要是沒有醜小鴨、拇指姑娘和穿新衣的傻國王，我真不知道該怎麼過日子，尤其不能缺了蠢國王。每次我或媽媽難過的時候，我們就會像豆莢裡的兩顆豌豆一樣挨緊彼此，一起讀〈國王的新衣〉。一想到蠢兮兮的國王什麼都沒穿，晃著光溜溜的屁股在王國裡走來走去，我們就捧腹大笑。有一次，媽媽笑得太大聲，樓上的寡婦詹肯絲太太想叫我們安靜，用拐杖大力敲地板，把天花板灰泥都震出裂痕，還有碎屑掉在我們頭上。我們覺得實在太好玩，笑得更大聲了，她氣到連續三星期都不跟我們講話。

我把故事書放在外婆床上。

接著，我找出兔子費瑞克，是爸爸送我的。其實我不認識爸爸，他遇到海難，船在挪威和英國之間的大海沉沒了，那時我才三個月大。但是我很確定他是好人，不然媽媽絕不會跟他結婚。

費瑞克的鼻子已經重新縫了至少十次，它的左耳不見，右腿泡過墨水。因為我太愛它，老是抱著它磨蹭，身上有好些地方的毛都掉光了。我已經十歲，真的過了抱兔子玩偶的年紀，但是費瑞克和我一起經歷了好多事。有它和光溜溜的國王在，可以讓我開心起來。

我翻開媽媽的厚重字典，查「野蠻人」這個詞。野蠻人是指未開化的人，很狂野粗魯。聽起來是充滿敵意的詞。如果外婆罵我什麼不好聽的話，我真的不想知道意思。我把字典丟回行李箱，只聽見「砰咚！」一聲。箱子裡還有一只水晶花瓶，是媽媽送給我的十歲生日禮物，我也不想拿出來。

最後，我決定留下我的鏡梳組（頭髮總有一天會長回來）、蠟筆和畫畫本，還有藍白色的棉被，因為它聞起來還是有媽媽的味道。

我望向窗外，看到外婆正在剁一隻母雞的頭。母雞的身體在後院裡橫衝直撞，鮮血濺得到處都是，外婆站在砧板旁邊，翻了個白眼。沒頭母雞表現得就像野蠻人，浪費她的寶貴時間。

我轉身湊近行李箱，聞了最後一次過去生活的味道，然後闔上箱蓋。

我兩眼開始發痠，於是跳上床找兔子費瑞克和《安徒生童話》。我不停翻頁，翻到〈國王的新衣〉後開始唸故事。唸到小男孩大喊「他身上什麼都沒穿！他身上什麼都沒穿」時，我抱著費瑞克笑得前仰後合，笑到臉上淌滿眼淚。等我發現自己從流淚變成啜泣，胸口有種可怕的痛楚，我終於覺得好過一點。我真不敢相信，媽媽忽然好像就在身邊，那麼真實，又離我好遠、好遠。

第3章

豬和黑棗

隔天一整天下來，我學會怎麼清理馬廄、打掃刷淨廚房地板、鋪床、在爐灶裡生火，還有拔雞毛跟填內餡。我不習慣做那麼多粗重的工作。我跟媽媽住在哥本哈根時，公寓裡有兩個僕人幫忙家事。

我累壞了，外婆對我的表現很滿意。

「雙手若是閒得慌，魔鬼就來耍花樣。」她說。

我想她的意思是，如果你整天工作累得半死，就不會有力氣調皮搗蛋。

可是這不是真的。我還是有不乖的時候，讓外婆搖身一變，成了不停咒罵的食人巨怪。普蘭蒂很有禮貌的在我裙邊打轉、邊齁齁嗅聞。想到牠只吃餿水還有喝去脂牛奶，卻要照顧十四隻小豬，實在很辛苦，我就拿晚餐要吃的黑棗派餵牠，這讓外婆很不高興。

等到普蘭蒂因為吃了黑棗而拉肚子，外婆就更不高興了。

她拽著我出了穀倉，指著滴淌在牆上的褐色大便，高聲質問：「那普蘭蒂覺得這個滋味如何？」

我努力憋笑，但實在忍不住。外婆講了個笑話，只是她自己沒發現。

我挨了第二下打，這次是在腿上。我穿了三層長襪，所以腿不覺得痛，但心裡很受傷。

吃完晚餐，我想也許可以唸故事給外婆聽，逗她開心。她坐在爐火旁的搖椅上，用大紅色羊毛線織著一團團毛球。我坐在她腳邊。

「好漂亮喔。」我說，指著她在織的毛球。

這句話似乎讓外婆很開心。她沒有笑，但是點點頭，手裡織得更快，還將搖椅前後搖到雙腳離地騰空。

我翻開《安徒生童話》，仔細瀏覽目錄。最後挑了〈豌豆公主〉，用最優美的聲音唸起故事。

故事裡的王子想確定和自己結婚的是真正的公主，他的皇后母親就在床上鋪了二十張床墊和二十條羽絨被，然後在最下面放了一粒豌豆。她說，如果女孩是真正的公主，睡在床上就會感覺到下面有豌豆。

我唸了一半注意到，外婆停下不織毛線。唸到女孩說她說睡得渾身瘀青，整晚幾乎沒能闔眼時，外婆真的傾身向前並點頭。發現女孩是真正的公主，連外婆都欣喜萬分。

等唸完故事，我給外婆看書上漂亮的彩色插圖。紫色、藍色、紅色、粉紅色和金色的床墊堆得像山一樣高，公主躺在最上面，努力想要睡著。她看起來很不舒適，但還是那麼漂亮。

外婆向後靠在搖椅上，再次開始打毛線。

「哼！」她說：「要我說的話，浪費食物真的很不應該。豌豆是拿來吃，不是拿來塞在床墊下面的。」

❋

隔天是星期四。「訪友日」，外婆這麼稱呼。穿衣服之前，她要我洗澡洗得特別乾淨，甚至確認耳朵裡的最後一點驢糞都清掉了。

我們穿上大衣和圍巾，外婆突然拿出一頂紅色羊毛帽戴到我頭上。我嚇了一跳，立刻跑去照門邊的小鏡子，看著蓬鬆的厚褶邊傻笑。帽頂有一叢我看過最大的毛球，是外婆昨晚織到很晚的毛線團！

「外婆！好好看哦！」我大叫著撲到她懷裡。

有一頂美麗的毛帽可戴，我很感激，但我最開心的，是可以戴外婆親手織給我的帽子。

我將頭埋在外婆胸口，喃喃的說：「謝謝！謝謝外婆，謝謝妳！」

外婆將我拉開，嘴裡嘀咕：「大驚小怪的！只是一頂帽子。老天，我們總算找到東西把妳禿半邊的頭蓋住。」

她皺緊眉頭，其實我們都知道，放在穀倉的行李箱裡，還有兩頂有繫帶的軟帽、一頂白色羊毛帽。任何一頂都可以蓋住半禿的頭，但是都沒有這頂有大毛球的毛帽那麼亮眼討喜。

我們並肩走在滿是泥濘的小路上。至少外婆是用走的，我則是踩著木鞋踉踉蹌蹌、連滑帶爬。

波霍姆有很多空曠的地方，我還不太習慣。放眼望去，一座又一座翠綠的山坡連綿起伏，原野上點綴幾叢入冬葉子就掉光的樹木，農莊和穀倉分散各處。四周一個人影也沒有，連空氣都安靜到好沉重。在哥本哈根，隨時可以聽到馬車輪轆轆作響，馬蹄咔噠咔噠，市場裡男孩放聲叫賣，還有在街上巧遇的行人吱吱喳喳談話。

我實在忍不住了。我需要讓島上的空氣充滿自己的吱吱喳喳。

「外婆，」我問：「如果把豌豆換成紅蘿蔔，妳覺得也一樣有用嗎？」

「老天啊！」她喊了一聲：「這孩子在叨唸什麼啊？」

「真假公主的測驗啊，」我解釋：「我在想，整堆床墊下是不是一定要放豌豆？或是其他不新鮮的蔬菜也可以？例如紅蘿蔔或其他豆子，說不定蕪菁也可以。」

外婆嘆了口氣。「蕪菁這麼大顆，躺一下就會發現了。」

我的嘴角上揚，很高興她加入遊戲。

「那小顆的馬鈴薯呢？」我問。

「不行，還是太大了。」她馬上回應。

「水果呢？」我提議：「蘋果，或是梨子？」

「太大顆，太大顆啦。」她說。

「好吧，」我要考考外婆，「那小顆的呢，像是莓子？草莓、黑莓，或是鵝莓？」

我大笑起來，因為「鵝莓」這個詞很逗趣。

外婆停下腳步，看起來正在思索。「不行，莓子還是比豌豆大。我真的覺得一定要是豌豆，放其他任何東西感覺都很蠢。」她再次邁開腳步。

「而且很浪費。」我熱心補充。

外婆直直望向前方，沒有回答。但我敢對爸爸葬身的大海發誓，我在她抽動的嘴角看到一抹笑容！

※

接下來的一路上，我開心到講不出話來，除了愈往前走，路上的泥濘就愈厚，我得使盡全身的力氣，才能抬起腳下的木鞋一步步移動。等我們終於到達外婆朋友家，我已經渾身發冷，又累又餓。

安吉麗娜．諾查普個子很高，簡直不可思議的瘦。她開門的那一刻，所有關於上午茶豐盛的想像，全都化為碎片。安吉麗娜銳利的眼神順著細長鼻子，落在我的頭上，一路向下掃到腳趾。她撇了撇嘴，大聲擤了一下鼻子。

我脫掉沾滿泥巴的木鞋，擺在門前臺階的一側。她的嫌棄和不滿依舊懸在半空中，像一陣刺骨的寒霧。

「日安，暈暈緹．布魯蘭，願主保佑妳。」沒有一個字聽起來發自內心。她沒有跟我打招呼。

我很好奇她為什麼叫外婆「暈暈緹．布魯蘭」。我可以肯定外婆的名字是

「阿思緹」，不是暈暈緹。我張嘴想要說明，但是外婆戳了戳我的背。

我們走進安吉麗娜的廚房，我正想伸手拿下帽子時，外婆又戳了一下我的背。我想，照這樣的頻率，到離開的時候，我身上會多出一個貫穿胸膛的窟窿。

安吉麗娜在她的小廚房裡張羅，動作緩慢而小心，我和外婆安靜的坐在桌旁。她將茶杯、盤子、很迷你的一壺牛奶，和看起來很可口的薑蛋糕放在我們面前。她倒好茶，幫我們一人切一片蛋糕。她把蛋糕放到我的盤子時，我覺得它薄得幾乎可以透光。

就算是這樣，我還是很有禮貌，而且努力想讓外婆以我為榮。

我微笑著說：「安吉麗娜，謝謝妳請我吃這麼大一塊蛋糕。」

我不知道怎麼有人能夠把蛋糕切成這麼薄一片，還不會被風吹不見。但我想，就這麼一次沒說實話，外婆應該不會介意。

接著，我又瞄到瓷茶壺上有紫羅蘭的圖案。我探頭靠近茶壺說：「日安，漂亮的茶壺，謝謝妳用那麼優美的姿勢幫我倒茶。」

安吉麗娜．諾查普瞪著我的樣子，好像我剛剛說的是我在毒蘑菇下面出生，十歲以前都吃蛞蝓和蚯蚓過活。外婆又像驢子李維那樣翻白眼，但是沒有人開口說我是野蠻人。

我拿起薄如紙片的蛋糕，小心翼翼不要弄斷，一眨眼就吃個精光。我很想再吃一點，但不管我再怎麼飢腸轆轆的盯著放在餐桌中央的蛋糕，都沒有人幫我多切一塊。

外婆和安吉麗娜平靜的交談，聊著家裡的母雞、天氣和麵粉的價格。對話過程有太多沉默的片刻，我甚至懷疑外婆為什麼要不嫌麻煩來拜訪。沒有講到任何親朋好友的新鮮事，沒有人分享故事或是討論哪本書，沒有熱熱鬧鬧一起玩牌或西洋跳棋，而且完全沒有笑聲。

這絕對是我人生中最無聊的一個早上。比我從哥本哈根搭船過來的第一天早上還要無聊——那天船長要我坐在一桶鰻魚上面，還威脅說要是我敢發出一丁點聲音或挪動一吋，他就把我扔下船！

要離開的時候，我因為坐太久不敢動，屁股和兩腿就像扎滿別針和縫衣針，又痛又麻。而且肚子空空如也，我不確定自己還有沒有力氣走回家。

才繞過安吉麗娜家的石頭圍牆，外婆就從口袋拿出一個小包裹。她攤開牛皮紙，遞給我厚厚的一片乳酪和一顆蘋果。我本來有點想抱怨外婆不請安吉麗娜多給我一點蛋糕，這下立刻不計較了。

我笑嘻嘻的對外婆大喊：「謝謝外婆！乳酪和蘋果，太棒了！」然後貪心的大嚼起來。

第4章

飛天水桶

我挨了第三下打，是我自找的。

那天下午，我待在穀倉裡和動物一起。外婆把煮湯用的馬鈴薯切成塊，手裡的大菜刀上下飛舞，凶狠的樣子讓我不敢多看。

我找希爾妲和布洛珊一起玩瞪眼遊戲。但是不管我解釋幾遍遊戲規則，牠們還是忍不住搧著長長的黑睫毛眨起眼來。

我坐在普蘭蒂和十四隻小豬旁邊，唸〈豌豆公主〉的故事給牠們聽。唸了一遍又一遍，每次都把豌豆換成不同的蔬菜。我看得出來，普蘭蒂最喜歡〈南瓜公主〉，但很可能是因為她想在公主起床以後，吃掉床墊下面的蔬菜，南瓜是裡面最大顆的。貪吃豬。

我和驢子李維爭辯，究竟是牠還是我踢得最用力，我們決定來場比賽分勝負。我把一口擠牛奶用的水桶放在地上，助跑了一小段，然後用盡全力踢出一腳。我腳下的木鞋一下沒踩穩，整個人趴倒在地，但是木桶劃過半空，落在乾草堆正中央。多棒的一記飛踢！母雞和鵝嚇得四處亂竄，唧唧、咯咯、嘎嘎聲此起彼落。火雞亨利從一袋小麥後面現身，小碎步走過穀倉，口中「咯勒——咯勒——咯勒！」一直叫，儼然夏天時在蒂沃利花園唱歌劇的女士。李維將頭向後一甩，興奮的高聲嘶叫。

我爬上乾草堆，把水桶撿回來，放在李維後面，等著。

「來吧，小驢子，」我說：「別害羞，你可以的。」

李維拉長耳朵，直到雙耳都平貼在頭上，鼻孔撐大，然後抬起後腿使勁一踢。水桶沒有飛到半空，而是滑過穀倉地面，一路上沾了好多稻草繩屑，最後變成一隻毛髮蓬亂的怪獸，追著母雞滿地跑。

李維齜牙咧嘴、高聲嘶鳴，聽起來好像一扇門被風吹得開開闔闔，咿呀作響。牠興高采烈狂轉眼珠，我都可以看到牠的眼白了。

我跑去撿水桶。這場比賽真刺激！我根本沒注意到外婆已經無聲無息的走進穀倉，在乾草堆後面的產蛋箱裡撿雞蛋。我把水桶放在李維前面，但在我出腳之前，我向牠小小示範了一下，要怎麼踢才能把水桶踢得高高飛上半空，不是只在地上亂滾。牠點點頭，似乎很感謝我雖然跟牠比賽還是試著幫牠。

我將腳伸進木鞋再踩緊些，大踏步走回起跑位置。我把圍巾兩端甩到肩膀後面，辮子塞進衣領裡，環顧穀倉確定母牛和小豬都在等著看。我像一匹馬喀噠喀噠奔向水桶，像野蠻人一樣尖聲吼叫，然後一踢！水桶高高飛到半空，再一次落在乾草堆裡。同時，我腳上的木鞋飛了出去，劃過穀倉，飛到外婆剛剛提著整籃雞蛋現身的位置。

木鞋擦過籃子，震得外婆手一鬆，然後繼續向前飛，撞在亨利的腦袋瓜一側。

亨利撐開翅膀飛到空中，張嘴號叫著：「咯勒——咯勒——咯——」然後「砰！」一聲掉在地上。

外婆低下頭，看著地上破掉的十幾顆蛋。

李維將頭向後猛仰，開懷大笑起來。牠嘶叫太久太用力，聲音都啞了。

我震驚到說不出話，輪流盯著大家，目光從外婆移到李維，再移到亨利，然後再輪一遍。我知道我看起來一定像條快要在空氣中窒息的鯡魚，嘴巴一開一闔，卻說不出半個字。

最後，外婆退後幾步，脫下一隻木鞋，將鞋倒了過來。三顆黏稠的橘色蛋黃從木鞋緩緩滑下，落在地上。

我跑到亨利身邊，想看看牠的狀況，就在那裡挨了打。外婆招呼我的方式是在我手臂上狠打一下，高聲喝斥：「去把這要命的爛攤子清乾淨！」

她拎起亨利的龐大身軀，抱著牠走出穀倉。

※

我不介意清理破掉的蛋。其實很簡單，只要把普蘭蒂放出豬圈。牠嗅嗅舔舔地上的蛋液，一眨眼就全吃進嘴裡。牠對額外的一餐很是感激，心滿意足回到一窩小豬身邊。

我也不介意挨打。是我自找的，我知道。

但是我非常難過，因為我做了兩件事。第一，我害死了亨利。可憐的胖亨利，牠只是一隻無辜的火雞，過著平常的生活，沒有傷害任何人，除了多吃點飼料跟隨時唱唱歌劇，沒有其他奢求。

第二，我惹外婆生氣。我又做錯事了。我想外婆再也不會叫我英格瑪莉亞，也不會用溫柔的語氣和我說話。她永遠不會開始愛我，就算只愛一點點也不可能了。如果壓扁一小粒豌豆就是很不應該的浪費，我害一隻火雞死掉，還有整籃雞蛋破掉，外婆會怎麼想呢？

❁

直到天黑，我終於鼓起勇氣離開穀倉，回到小木屋。亨利的身軀被放在客廳爐火前的一床被子上，外婆摸著牠的頭。

「外婆，」我開口，好不容易從哽咽的喉頭擠出幾個字：「外婆，我是壞孩子，我真的非常、非常抱歉。我再也不會調皮搗蛋了。」

外婆嘆了口氣，我想她隨時可能翻白眼。

但外婆沒有。當她抬起頭，看起來只是很疲憊，沒有生氣。

「不是這樣，孩子，妳不是壞孩子，」她說：「而且妳以後絕對會再調皮搗蛋，所以，不要承諾妳做不到的事。」

我羞愧的低下頭，大哭起來。

外婆撐起身體，從地板上站起來，走到我面前。她把我拉到她軟綿綿的懷裡說：「好了，孩子，沒什麼好哭的，只是幾顆蛋而已。母雞跟母鵝明天還會下更多蛋，所以沒有什麼損失。」

從外婆圍裙的皺褶間，我偷瞄著亨利一動也不動的身軀。我覺得好罪惡、好恐懼，但怎麼也沒辦法將牠的名字說出口。我只是把頭埋在外婆的臂彎裡，對外婆滿懷感激，畢竟她還沒有那麼討厭我。

我醒來時，外頭依舊一片漆黑。有人在臥室裡走動。

睡在我旁邊的外婆繼續像海象一樣大聲打呼，完全沒發現有人入侵小木屋。

我嚇得不敢動彈。

「外婆……」我悄悄喊。

「哈呼——噗呵——抖哆抖哆——噗呼！」外婆咕噥，接著鼾聲又恢復原本的穩定節奏。

我聽到外婆的鼻息中，夾雜著緩慢的「劈啪——劈啪」聲，是入侵的人踩過地上一片又一片木板，他朝我們的床走過來了！

「外婆！外婆！」我驚慌失措的大喊：「快起來！」

但外婆一動也不動。

腳步聲變更快了。我拚命搖外婆的肩膀，還扯她的頭髮。只聽到「呼咻」一聲，床尾震了一下。黑暗中忽然傳來嘈雜響聲，外婆嚇了一大跳，從床上直挺挺坐了起來。

「咯勒——咯勒——咯勒——咯勒——咯勒！」

我簡直不敢相信我的耳朵！

「咯勒——咯勒——咯勒——咯勒——咯勒！」亨利精力充沛、無比歡樂的高唱，跟以前一樣吵得不得了。

外婆點起蠟燭，將燭火舉高。

我們並肩坐在床上，瞪著床腳處活像團巨球的亨利。牠尾巴像扇子一樣興奮的大張，嘴喙下方鮮紅的肉垂快樂的抖動，頭歪向一邊，盯著外婆又唱了一遍：「咯勒——咯勒——咯勒——咯勒——咯勒！」

「你這老蠢貨！」外婆大喊：「再不安靜下來，不用再等九個月，現在就把你做成耶誕大餐！」

但即使在微弱的燭光下，我還是可以看到外婆的雙眼閃著淚光。我注視著她，看到她的嘴角上揚，高興得渾身顫抖，就像盤子上的果凍。

外婆在大笑！

她的頭向後仰，沒有牙的牙床裡傳來震耳欲聾的笑聲。她笑了又笑，打了一下呼嚕，又笑了起來。

亨利也很喜歡這個笑話，牠也開始大笑。「咯咯咯——咯勒！咕咯——嘎咯——咯咯咯——咯勒！」

外婆聽了笑得更厲害，很快就打起嗝來。

我坐在床上，一邊是像茶葉箱一樣的火雞，一邊是拚命打嗝的沒牙外婆。他們笑得前仰後合，在鴨絨被上翻來滾去。不知不覺間，我們全都抱著肚子咯咯笑著滾在一起，開心得像豆莢裡的三顆豌豆。

「哦，英格瑪莉亞！」外婆大喊，眼淚流了滿臉：「打從妳媽媽——嗝——長大以後——嗝——我還沒這樣笑過——嗝！」

我望著她。這是外婆第一次喊我的名字，聽起來好美妙。

我正要告訴外婆我愛她，亨利卻忽然擠到我們之間的枕頭上，將身體膨到不可思議的大，然後搶先告訴外婆牠很愛她。

「咯勒——嗄咯——咭咯——喀咯——咯勒——咯勒——咯！」

第5章

咯勒勒之歌和最完美的畫

星期六是洗衣日。我們在廚房燒旺爐火，煮滾好幾鍋水，把要洗的衣物全都丟進鍋裡，好像在煮長襪濃湯、床單燉菜和軟帽高湯。

我從來沒有洗過衣服，我們的髒衣服都是媽媽派女僕朵特送洗。洗好的衣物會放在繩子綁好的牛皮紙包裹，全都乾淨平整，就像變魔術一樣。

洗衣服很累，但至少我的雙手沒有閒得發慌，不會讓魔鬼來耍花樣。外婆很沉默，但沒有發脾氣。而且自從知道外婆也會大笑以後，我就不再覺得她很可怕了。

等到要把床單的水扭乾，我們就走到外頭。早晨的空氣冷嗖嗖，我們分別抓著床單的兩頭，使勁扭呀扭的，直到床單變得像粗短的繩索，水也擰得全都滴在地上。晨霧中透出陽光，外婆宣布，這是今年第一次將洗好的衣物晾在外頭。

我太矮，搆不到晒衣繩。外婆走進穀倉，搬了一個裝牛奶的水桶出來。想到我昨天闖下的大禍，我們都遲疑了一會兒。但外婆繼續向前走，倒放桶子，讓我站上去。接著就開始一件件夾起來晾著——床單、枕頭套、圍裙、長襪、上衣、睡衣、手帕、內衣和燈籠內褲。

我把外婆雪白的燈籠內褲掛到晒衣繩上，看得目不轉睛。好神奇啊！就跟船帆一樣，被微風吹得鼓脹成好大。更讓我驚訝的是，邊緣還有白色的蕾絲，背面左右各繡了好大一朵粉紅玫瑰花，剛好就是坐著時屁股下面的位置。

*英格瑪莉亞，妳不准取笑外婆的內衣褲，*我嚴肅的告誡自己。*不可以這麼沒禮貌。*

我抿緊嘴脣，努力壓抑愈來愈強烈的笑意。但是它們總有辦法冒出來，而且很快就找到出口。從我的鼻孔裡，忽然爆出一陣變調的咯咯笑聲，跟著噴出來的，是一大坨鼻涕。我的雙手很忙，但是我的鼻子閒得慌，讓魔鬼可以耍花樣！

我嚇得目瞪口呆。外婆雪白的燈籠內褲上面沾滿鼻涕！黏稠的綠色鼻涕從燈籠褲管，朝精巧的蕾絲緩緩流去。我想抹掉鼻涕，卻在水桶上失去平衡，一下向前撲倒。為了不要再向前跌，我抓住燈籠內褲，最後還是一頭栽倒，摔在溼泥地上，內褲也被我撕成兩半。

外婆重重嘆了口氣，抬頭望著天空，好像在祈求神賜她力量。她踩著重重的步伐進屋，往爐火裡再添了木柴，放上一大鍋水，準備煮滾了，再洗一批髒衣服。

＊

中午剛過不久，外婆已經洗好新加入的一批髒衣服，正在廚房做麵包。我坐在外婆的搖椅上，一邊前後搖動，一邊削馬鈴薯的皮，亨利將一邊瘀青的頭靠在爐火旁取暖。火雞的腦容量不大，我想牠們得細心呵護自己的小腦袋瓜。

聽見小木屋前門傳來敲門聲，我馬上興奮起來。我還不太習慣安靜的日子。在哥本哈根，我從星期一到星期六都和朋友一起上學，早上九點上到下午一點，只有星期天不上學。我跟芙蕾雅、艾莎貝絲、伊達還有漢妮，就像豆莢裡的五顆豌豆，去哪裡都形影不離，成天湊在一起說笑打鬧。我和媽媽常常去拜訪朋友，或是在公寓招待來訪的客人，有各式各樣的茶會、野餐、音樂會、午餐、晚餐和遊戲聚會。就算只是去公園散步，我們也會不時停下來和朋友閒話家常。但在這裡，除了外婆，我只看過大塊頭喬格森跟安吉麗娜・諾查普，他們沉默寡言而且無精打采，我實在想不出可以講他們什麼好話。安吉麗娜烤的薑蛋糕確實很美味，但是蛋糕如果只拿來看，不拿來吃，那好不好吃也不重要了。

外婆從廚房跳出來，渾身被麵粉沾成白色。她尖聲要我把亨利帶回穀倉。我立刻就懂了。如果被人看到她把農莊裡的動物當成寵物疼愛，她會覺得很丟臉。動物是要賣掉跟吃掉的，她自己就曾這樣告訴我。

我試著抱起亨利，但是牠太大隻了。而且，牠一點都不想離開溫暖的客廳。每次我伸出手臂試著圈住牠，牠就大喊：「咯勒——咯勒——咯勒！」然後甩動肉垂拍我的臉。

外婆衝進房間，拿出一根掃把遞給我。她忙著解下圍裙，抹乾淨雙手跟理順頭髮。我揮動掃把，亨利終於站了起來。我揮舞掃把將牠趕進廚房，但就在我打開後門的時候，牠高唱：「咯勒——咯勒——咯勒！」然後「刷！」的衝回客廳的桌子下面。

我追在牠後面，大喊：「亨利！回來！」

外婆追在我後面，尖聲喊著：「安靜！」

亨利在狹小的客廳裡繞著圈子飛奔，口中還高唱著：「咯勒——咯勒——咯勒！」牠衝過來撞過去，眨巴著眼、咧開了嘴，彷彿這是牠一生中最得意的一天。

前門響起急促的敲門聲，外婆一臉絕望。她抓起掃把，將亨利趕進臥室、掃把往裡面一扔，然後「砰！」的關上房門。我跑前跑後撿起地上的火雞羽毛，把它們夾在《聖經》的書頁裡。外婆點點頭表示讚許，我興奮的漲紅了臉。

「午安，歐嘉．佩德森跟蒂娜．佩德森，願主保佑妳們。」外婆邊開門邊說。

一位瘦小的老婦人走進小木屋，她臉上掛著小巧的眼鏡，穿戴成套的連身裙和軟帽。她看起來很老，至少一百零四歲吧，我想。接著，嚇人的事發生了：這個老婦人竟然第二次走進門，站在她自己旁邊！

外婆皺眉看我，我還是忍不住瞪大眼睛。我想，外婆應該想假裝我不在場，但是我在，而且我看到忘了呼吸，不僅臉色發青，眼珠子也快掉出來了。

「孩子，這位是歐嘉．佩德森，和她的雙胞胎姊妹蒂娜．佩德森。」外婆介紹。

我放鬆的呼出一口氣，露出微笑。當然囉！她們是雙胞胎，不是同一個人的分身！

「咯勒——咯勒——咯勒！」臥室裡傳來亨利的歌聲。

外婆的眼神滿是驚恐。歐嘉．佩德森，或蒂娜．佩德森，我分不出誰是誰，開口了：「老天，暈暈緹．布魯蘭！那究竟是什麼啊？」

都是我的錯。如果我不跟李維比賽踢水桶，就不會敲昏亨利，外婆也不用把牠帶進木屋裡照顧。

「咯勒——咯勒——咯勒！」亨利的歌聲再次響起，我發現自己也跟著做嘴形。我的嘴脣誇張的大開大合。

歐嘉和蒂娜瞪大了眼，我忽然開口唱起歌來：

「拍拍手呀蛋糕，

明天一起來烤。

一塊給媽媽，一塊給爸爸，

一塊給小英格瑪莉亞。」

歐嘉和蒂娜看起來困惑不已，外婆挫敗的搖頭，只有我再接再厲。

「咯勒——咯勒——咯勒。

真是——美味——啊。

咯勒——咯勒——咯勒。

真是——美味——啊。」

我得意的望著外婆，希望她注意到我剛剛做了什麼。我借用了有名的兒歌，自己配上歌詞和咯勒聲，來幫亨利掩護。我覺得自豪極了。

外婆看來對我不怎麼有信心，所以我再次開唱。這次唱得更大聲，還左右搖晃身體，只剩一邊的辮子也跟著優美的擺盪。

「拍拍手呀蛋糕，

明天一起來烤。

一塊給歐嘉，一塊給蒂娜，

一塊給小英格瑪莉亞。

咯勒——咯勒——咯勒。

真是——美味——啊。

咯勒——咯勒——咯勒。

真是——美味——啊。」

歐嘉和蒂娜一起看看外婆，轉頭看看我，然後再看向外婆。她們的目光充滿憐憫。我知道她們一定在想，外婆這下麻煩大了，帶一個禿半邊頭、不停唱歌還左右搖晃的孩子回家。

從臥室再次傳來亨利的歌聲：「咯勒——咯勒——咯勒！」

我又唱起自己亂編的歌，這次邊唱還邊跳起輕快的吉格舞：

「咯勒——咯勒——咯勒。

咯勒——咯勒——咯勒。

真是——美味——啊。

真是——美味——啊。」

外婆邊推雙胞胎姊妹進了廚房，邊說：「英格瑪莉亞，我想妳該去睡午覺了。」

了解。我對她用力眨了一下眼，然後溜進臥室。我在房裡唸〈醜小鴨〉的故事，哄亨利安靜下來。這個悲傷的故事在講一隻小鴨，牠塊頭大又笨拙，和其他兄弟姊妹很不一樣，常常遭到嘲笑。不過結局是快樂的。當牠看到自己在湖面的倒影，才明白原來經過漫長酷寒的冬天，牠已經長成一隻美麗的白天鵝了。

唸完故事之後，我細心的解釋，身形龐大、腦袋瘀青的火雞絕對不可能變成優雅的天鵝。希望亨利聽了不會太失望。

在訪客離開之前，我們都在房裡靜靜的坐著。我沒聽見廚房傳來任何談話聲，看來佩德森姊妹的話似乎比安吉麗娜還要少。真不知道外婆怎麼受得了！

※

外婆坐在爐火前的搖椅上搖呀搖，懷裡抱著亨利。亨利不只占滿外婆懷抱，連椅子扶手上的空間都占據了。外婆說，這樣的話，要把亨利趕回穀倉的時候，牠就跑不掉了。但我看得出來，她很喜歡這樣抱著牠。

我坐在壁爐前的地毯上，用蠟筆畫圖。

「孩子，謝謝妳今天幫的忙，」外婆說：「有歐嘉和蒂娜在，事情會很難處理，妳真的很能……」

外婆的聲音愈來愈小。她想講點好話，但是找不到合適的字眼。

「聲東擊西？」我提議，暫時將目光從畫畫本移向外婆。

「對，」她同意：「而且……很有創意。」

我笑了。

亨利將頭抵著外婆的脖子，親暱的低語：「咯勒——嗄咯——咕咯——咯勒。」

「外婆，」我邊問邊繼續畫畫：「為什麼安吉麗娜和佩德森姊妹都叫妳暈暈緹．布魯蘭？」

外婆停住搖椅，我感覺得出來她正皺著眉頭看我。我繼續幫畫好的人塗顏色，等外婆回答。

「只是好玩的綽號，」她解釋：「就像大塊頭喬格森。他以前很胖，所以囉，雖然他現在很瘦，大家還是叫他大塊頭。」

「妳以前常常暈暈的嗎？」我問。

外婆沒有回答。

「妳以前很常轉圈圈，玩得暈頭轉向的？」我追問：「以前我跟媽媽去公園，有時候我們會把兩隻手向外伸直，然後一直轉圈圈，停下來的時候，走起路會東倒西歪。現在想到，都還有點暈呼呼的。」

外婆忽然開口：「做這什麼蠢事！轉圈圈轉到暈頭轉向！」

但她臉上看不出生氣的樣子。

「暈暈緹．布魯蘭，」我喃喃的說，希望能逼外婆講真話：「暈暈緹，暈暈緹，暈暈緹．布魯蘭。」

外婆嘆了口氣，搖椅向前傾，站了起來，懷裡被火雞塞得滿滿的。

「饒了我吧，孩子。別再說個不停！」她喝斥一句，接著大踏步送亨利回穀倉睡覺。

等外婆回來，我給她看我精心畫好的作品。

畫面上散布著三個圓滾滾的角色，臉上都掛著大大的笑容。有一個女孩，她戴的軟塌紅毛帽上面的毛球像蕪菁一樣大，頭的一邊豎起一根辮子。有一隻火雞，牠長了三隻腳，我暗暗希望外婆不會注意到這種小錯誤。還有一個老婦人，她飛在半空中，巨大的燈籠內褲全都露了出來。女孩的雙手和老婦人的雙手還有火雞的腳全都牽在一起，表示他們是快樂的一大家子，一起打滾、一起大笑。

外婆看著圖畫。她原本把圖拿成上下顛倒，之後才拿正。

我緊張的動了動雙腳，等待外婆微笑、點頭，或說句溫柔的話。

我喉嚨好痛。我是不是又惹外婆生氣了？也許畫她的燈籠內褲很沒禮貌，也許她不喜歡長三隻腳的亨利，也許只是我畫得不夠好看。

「外婆？」我哽咽了。

我向前走了一小步，終於注意到，外婆臉上有一滴眼淚滑了下來。她將眼淚抹掉，大聲吸著鼻子說：「英格瑪莉亞，這是我看過最漂亮的畫。我會永遠收在身邊。」

第6章

洗澡大戰

隔天是禮拜日。很明顯，神期待在這個特別日子，波霍姆的人都應該洗得特別乾淨。我們提早擠好牛奶，清理好馬廄。接著，外婆將很大的金屬浴缸拖到廚房，在裡面注滿放在火上加熱的水。我提醒外婆，我們去拜訪安吉麗娜那天，就已經把耳朵裡的驢糞都清掉了，而且布洛珊當天早上才用粉紅色大舌頭幫我把臉舔乾淨。但是外婆居高臨下，一手插腰，另一手指著浴缸。

雖然爐火熊熊燃燒，窗戶滿布水氣，廚房還是很冷。我剝光衣服，跳進浴缸。正要開始享受全是泡泡的熱肥皂水，外婆就一把將我按進水裡，好像她整星期以來就在等這一刻。

我「嘩啦！」一聲伸出頭，在水花中不停咳水。

「別動來動去！」外婆喝斥。

她的手指在我頭皮上又摳又抓，搜索任何可能出現的虱子、蛞蝓和小老鼠——說不定還有大老鼠呢。不管她找的是什麼，在又快又狠的獵捕之下，絕對沒有逃命的機會。我痛得皺起臉來，正要大聲叫嚷，外婆又一把將我按進水裡。這次她把我壓在水裡更久，我肺裡的空氣全化為水中氣泡，正想著眼前應該隨時會閃現過去人生的畫面。我拳打腳踢，最後外婆終於把我拽了起來。我張大嘴，嗆出好多水。

外婆臉上水淋淋的，緊抿著嘴，眼神裡看不出一絲溫柔、慈愛或耐心。她吹開鼻尖上的一滴水，抬手抹了抹前額。她一手拿洗澡刷、一手拿大塊肥皂，開始像瘋子一樣，在我的後背、手臂、前胸跟脖子上狠刷猛洗。我忽然向後倒進水裡，外婆把我倒吊著拎在半空，開始刷洗我的腿。我用盡力氣反抗，但是外婆力氣更大，而且不屈不撓。離開浴缸時，絕對是我這輩子最乾淨的一刻。我想，說不定皮也少了一層，但是我不敢說出口。

廚房地板溼答答的，外婆漲紅了臉，看起來情緒很激動。她用厚毛巾將我裹住，把我帶到客廳的壁爐旁。外婆洗澡的時候，我穿上最體面的衣服。

以前上教堂之前，從來沒有吃過這麼多苦頭。希望辛苦是值得的。

※

結論是，一點都不值得。爬過山坡的路途很長，走起來很累人。而且等我們走到，我才發現它一點都不像真正的教堂。這教堂跟雪人一樣白，還長得圓圓的！圓得就像裝醃甜菜根的圓桶、圖畫書裡的蜂窩，也像裝牛奶的水桶或攪奶油的圓桶。

我像鹽醃鱈魚一樣張嘴瞪眼，盯著教堂一會兒，然後抬頭跟外婆說：「可是教堂是圓的！」

「是啊。」她回答。

我皺起鼻子，然後說：「可是它……好圓。」

外婆解釋，波霍姆島有幾座教堂是七百多年以前蓋的，那時候還會發生戰爭，所以設計了圓形的建築，既能當教堂，也能當堡壘。屋頂下面一點的牆上，還開了一排很高的小窗戶，弓箭手可以探出窗外朝敵人射箭。

上教堂很無聊，裡面只有我一個小孩。事實上，全教堂裡第二年輕的是外婆，但她至少九十九歲吧。她昨天跟我說她六十二歲，但我不信。她的頭髮跟暴風雨時的天空一樣灰撲撲，臉上的皺紋多到可以蓋住大象的屁股。

教堂裡唯一令人振奮的，是聖歌時間。管風琴一開始嗡嗡嗚響，教堂裡所有人好像都恢復活力。大家齊聲合唱，但是大塊頭喬格森的太太的抖音壓過所有人：「咯勒、咯勒——咯勒、咯勒。」

聽到咯勒聲，我嚇了一跳。有那麼一會兒，我以為亨利一定跟蹤我們進了教堂，在長椅間高唱蒂沃利花園的歌劇曲目。

「咯勒、咯勒——咯勒、咯勒。」她繼續以抖音讚頌全能的天主。「咯勒、咯勒——咯勒、咯勒。」她的歌聲情意真切、充滿喜樂，聽得我再也忍不住了。我先是兩腳輪流蹦跳，接著不知不覺開口唱起拍手蛋糕歌：

「拍拍手呀蛋糕，

明天一起來烤。

一塊給媽媽，一塊給爸爸，

一塊給小英格瑪莉亞。

咯勒——咯勒——咯勒。

真是——美味——啊。

咯勒——咯勒——咯勒。

真是——美味——啊。」

歐嘉和蒂娜姊妹傾身向前，瞪著我帽子上的紅色毛球左右晃盪。講道臺上的牧師瞪著臺下，就連管風琴師都不時回頭張望。

外婆揪住我的耳朵。我不懂，為什麼喬格森太太可以像逃命的火雞咯勒叫個不停，我就不行。但是耳朵好痛，我只好閉嘴。一切又變得沉悶無聊。

雅寇伯牧師講起道來滔滔不絕，不時屏住鼻息，肅穆的凝望天花板，漫長到我覺得自己也快跟著升天。他一直祈禱，一直祈禱，我開始幻想帶弓箭來教堂，到屋頂下的小窗口旁，自己打一場仗。終於，祈禱在牧師的一聲「阿門！」中結束。

我立刻坐直大喊：「阿門！」

所有人都轉頭看我，包括管風琴師。我露出微笑。外婆一定很以我為榮，今天在大家面前，我可是努力表現出最棒的一面。

第7章

醜惡的爛泥巴

晚餐時間，外婆特別宣布一件事：明天開始，我要去斯瓦內克上學。

終於有其他小朋友陪我玩跟講話了。我心裡既開心又害怕，一點胃口也沒有。晚餐的豌豆湯我動都沒動，最後變成碗裡冰冷黏稠的黃黃一團。外婆似乎能夠理解，沒有罵我是挑食鬼。

等到要上床就寢，她帶著一根蠟燭進臥室，問我想不想聽她唸故事。

「我想聽，拜託！」我大喊。我從枕頭下抽出《安徒生童話》，遞給外婆。

「給外婆選。」我說，抱著兔子費瑞克貼近胸口。我全身緊繃，很想知道外婆會唸哪一個故事。

是我從來沒聽過的〈踩過麵包的女孩〉。我覺得好慚愧，故事裡頭的淘氣女孩竟然也叫英格。外婆很可能是擔心我明天上學又調皮搗蛋，才唸這個故事做為警惕。也不能怪外婆。我想到普蘭蒂和黑棗派，想到李維、亨利和飛踢比賽，想到在教堂裡咯勒咯勒唱歌。當你搬到新家開始新生活，有新鄰居，要適應新教堂，現在還有新學校，真的很難隨時隨地都有最好的表現。

我把臉用力貼緊費瑞克，向下滑進鴨絨被裡，羞恥感像一股冰冷的空氣席捲全身，這時外婆將書擱在腿上。

「嗯哼，」她說：「我記得故事裡的女孩不叫英格。」

我從鴨絨被邊緣偷看她。

「英格瑪莉亞，她和妳一點都不像。」外婆表明。

我放鬆下來，全身都沒了力氣。我依偎在外婆身邊，聽她繼續唸故事。

英格家裡很窮困，但她長得很漂亮，一個富有的家庭收養了她。有一天，新媽媽要她帶一條可口的麵包去探望她的舊家庭，英格不但沒有把麵包帶去給窮苦的媽媽，反而為了不想踩到爛泥巴，把麵包當成踏腳石踩了過去！

我想到公主床墊下的豌豆，暗中把豌豆拿來和整條麵包比較。

「她這樣浪費食物真的很不應該！」我忽然開口：「尤其她的窮媽媽那時候很可能快要餓死了。」

外婆點了點頭，繼續唸下去。英格踩在麵包上的時候，麵包突然往下沉，調皮的女孩完全淹沒在爛泥巴，消失得無影無蹤。

「她就永遠消失了？」我問，興奮的屏住呼吸。

外婆闔上書本。

「孩子，妳要等明天晚上才會知道了，」她說：「很晚了，明天可是重要的日子。」

我張開嘴巴想要抗議，但是外婆已經將書本收在床下，用棉被把我裹個嚴實，緊到我幾乎沒辦法呼吸，不等我說話就吹熄蠟燭。

我躺在黑暗中，聽著外婆在小木屋忙進忙出，檢查動物的狀況，鎖上柵欄門和屋子前後門，在爐火裡添上木柴。我腦中全是英格調皮的身影，想像她踩在那條麵包上，然後向下沉進泥巴裡，不斷下沉，愈陷愈深。我想像她被泥巴淹沒，泥巴蓋過她的耳朵、嘴巴和眼睛，將她悶到窒息。

我的頭好痛，心也開始劇烈跳動。

腦中出現另一個景象，我不喜歡，可是我不知道該怎麼趕走它。是雨天，我穿一身黑，媽媽的朋友歐萊妮牽著我的手。前面是一個長長的大箱子，有人把它放進地上的一個洞裡，我不讓自己去想箱子裡是什麼。

我可以聽見蒂沃利花園傳來的音樂，想起蓬鬆棉花糖、溜冰和魔術師。想什麼都好，只要別去想箱子裡是什麼。

歐萊妮在啜泣，她愈是啜泣，牽著我的手就捏愈緊。我開始大哭，是因為她捏得我手指好痛，不是為了地上那個洞，也不是因為幾個男人在鏟起泥土填進洞裡。我不會讓自己丟臉的。我不要相信眼前這一切，全都不是真的。

我開始跟著蒂沃利傳來的樂聲哼歌。我臉上全是眼淚、鼻涕和雨水，手被捏得陣陣發痛，但是我愈哼愈大聲。

歐萊妮蹲在我前面，抱了抱我。

「可憐的孩子，」她說：「妳一定是悲傷過度。」

我不顧鼻涕直流，繼續哼歌。因為如果不繼續，我會尖叫。我會尖叫說我沒有悲傷過度，雖然我不太確定那是什麼意思。我會尖叫要那些男人把箱子挖起來。我會尖叫要歐萊妮不要再那麼用力捏我。但是，我最想尖叫出口的，是我現在就要媽媽。

外婆上床時，我正在哭。

「外婆，」我抽泣著：「我想要媽媽。」

外婆伸出雙臂溫柔的環抱我。她沒有說一些很蠢的話，像是「妳會沒事的」，或「妳要勇敢一點，堅強起來」。她沒有緊捏我的手，假裝她可以保護我，不讓我感受可怕的悲傷。她只是哽咽著，讓我依偎在她柔軟溫暖的懷裡。

她也流了一些眼淚，讓我感覺不是那麼孤單無助。

第8章

羊小妹和開心果克勞斯

早上一起床，外婆就暴躁的管東管西。她要我吃完兩碗燕麥片，和一片厚得像磚頭的麵包配果醬。

「肚子空空的，怎麼有力氣學東西！」她說。

我心想：肚子都快爆炸了，怎麼有力氣學東西。但是我不敢講出口。

外婆對我的打扮處處挑剔，怎麼看我少一邊的頭髮都不滿意。最後，她決定要我整天戴著毛球帽，就算教室再暖也不能拿下來。

走去斯瓦內克的路很長，要越過山坡、穿過巷道。外婆利用路途上的每一分鐘，教我這輩子都學不完的禮貌和規矩。

「聽好了，孩子，別忘記說請和謝謝，有人問妳話的時候，妳才開口……要尊敬校長，看到他一定要問好……字跡要端正，老師都喜歡字寫得好看的孩子。筆剛沾完墨水的時候，千萬要小心別弄髒……不要把上午的點心拿去跟同學交換。我幫妳裝了一大塊好吃的蘋果派和一片乳酪，才有足夠的力氣撐過早上跟走很長的路回家……手帕記得隨時放在身邊，在教室裡聽小孩吸鼻涕真是太可怕了。」

我笑容滿面，砰咚踩著木鞋跟著走：「是的，外婆。不會的，外婆。妳說的對極了，外婆。」

等我們抵達學校校園，外婆更挑剔了。她將我的帽子擺正，拍去我大衣上根本不存在的灰塵，緊張的瞧了瞧安靜走進教室的男孩和女孩。

「英格瑪莉亞，要記住妳是在波霍姆。這裡是斯瓦內克公立學校，不像妳在哥本哈根那種時髦學校，會讓小孩子到處亂跑、想到什麼就講什麼，好像他們什麼都對，老師才是錯的。」

我點頭，努力擺出嚴肅的表情，但心裡迫不及待想進去教室。

「好吧！」外婆很快說：「妳沒問題的，我相信妳！」

她彎下腰，親了一下我的臉，然後大踏步沿著街道朝市場走去。

我楞住了。外婆從來沒有親過我。

我第一天上學，她一定真的很緊張！

❁

教室裡擠滿了學生，空氣中混雜著蘋果跟泥巴、墨水和果醬，還有粉筆和溼襪子的味道。

我心想，一定會很好玩！

一個叫蘇菲的女生跟我打招呼，把我拉到她的課桌旁，讓我擠進她跟牆壁之間。但她沒有再開口講話，因為老師來了。老師很高、很嚴肅，身上的褐色大衣醜醜的，顏色跟普蘭蒂的大便一樣。

大家站在排得整整齊齊的課桌前面，一起說：「早安，願主保佑你，尼勒森老師。」

我注意到所有女生都坐在教室的同一側，男生則全坐在另一側。

尼勒森老師溫和的說：「孩子們早安，願主保佑你們。」

所有學生整個早上都坐在課桌前，教室裡一片安靜，安靜到甚至可以聽見小鴨子眨眼的聲音。紙張窸窣，雙腳蠢動，竊竊私語，都會換來老師一聲尖吼。坐在我旁邊的女生咳嗽了一下，尼勒森老師望著她的表情，會讓人一看就像果凍一樣發抖。她哭了起來，眼淚滴在紙上，墨水寫的字都糊了。但是她沒有再發出任何聲音，連鼻子都不敢擤。

我低下頭，像驢子一樣埋頭苦幹——不過我沒有把耳朵向後貼然後高聲嘶叫，那叫自找麻煩。

拼字作業我寫了十次。我寫第一次就記得拼法了，不知道寫到第十次的意義是什麼。還看著歷史課本抄了一章課文。我的腦袋都快僵掉的時候，老師叫我們寫故事。終於有一件我真正喜歡做的事了！

我的故事主角是叫阿思緹的女孩，她有一條會飛的麵包。她會像坐魔毯一樣騎在麵包上，在丹麥四處飛來飛去，幫助小孩子逃離壞心父母。等到成功拯救所有的小孩，她就將麵包切成厚片，配上果醬和鮮奶油請小孩吃。這個故事很精采，而且我很得意，因為故事裡一點食物都沒有浪費。

我正要寫下「故事結束」的時候，尼勒森老師注意到我是新來的學生，要我過去教室前面。

我面向全班同學，微笑著說：「各位同學好，我是英格瑪莉亞．簡笙。」聽到我的口音，同學們看起來有一點驚訝。我知道波霍姆的人聽了，會覺得我很咬文嚼字，但是我也沒辦法，哥本哈根的人講話方式就是不太一樣。

尼勒森老師點點頭，對我有禮貌的打招呼表示滿意。他說：「歡迎妳，英格瑪莉亞。希望妳在這裡會很開心，也希望妳認真念書、聽話守規矩，讓學校和妳的父母親都以妳為榮。」

老師提到我父母的時候，我倒抽一口氣，強迫自己專心想外婆、亨利、李維、普蘭蒂和兩隻乳牛。他們現在是我的家人了，我想，我很樂意讓他們以我為榮。

「是的，尼勒森老師。」我說。

走回課桌途中，我的腳絆了一下，跌倒在地。沒有人發出聲音。好嚇人！

我寧可他們哈哈大笑，至少我自己想這麼做。但是他們沒有，只是低下頭繼續寫故事。

一個叫克勞斯的男孩扶我站起來，把我的木鞋遞給我。他看起來和我同樣年紀，有著世界第一髒的手指甲，和我看過最瘦削的臉，但是他衝我微笑。從他閃閃發亮的藍眼睛，我看得出來，他也真的很想咯咯發笑。

下課鈴響了，帶著蛋糕和蘋果的人潮湧出教室。突然一陣狂風，吹得大家鼻子發紅、鼻水直流，帽子一頂接一頂飛上半空。我想按住我的紅色毛帽，但是動作太慢了。它從我的頭頂飛走，忽高忽低飛越操場。

我追在毛帽後面跑，又笑又叫，直到在大門邊抓住毛帽，才發現所有人都盯著我看。雖然半邊髮根過去一星期已經長出一點，但我想，第一次看到的人還是會有些驚嚇。

蘇菲的眼睛瞪大到好像要掉出來，其他女生則開始交頭接耳、悄悄議論。

熱燙的眼淚在我眼眶打轉，但我絕對不要讓眼淚掉下來。我不要當愛哭包，尤其今天是我第一天上學。

克勞斯優閒的晃過來，邊走邊搔抓著頭。

「妳的頭髮怎麼啦？」他問。

我覺得好糗，真希望地上有個洞讓我躲進去，但是地上沒有。我唯一能做的，只有說實話。

「被山羊吃掉了。」我說。

我低頭看著木鞋，吸了吸鼻子。

「真的？」他問。我抬頭看他，發現他一臉崇拜的表情。

另外三個男生靠過來，他們一起開始大叫大嚷。拉斯莫急著想告訴我，有一次他媽媽找不到剪刀，乾脆用雕刻刀幫他剃頭髮。努德信誓旦旦的說，他有一天早上起床，發現一家子老鼠就住在他的頭髮裡。等他拿下帽子，我才真的相信：他厚厚的橘紅色頭髮全都纏在一起，很像外婆織毛線時用的針線籃，而且是兩天前還沒清空所有羊毛的樣子。

芬恩打岔說：「那沒什麼！去年夏天在我爸的漁船上，我的頭髮還卡進絞盤裡。跟你們說啊，那才叫一團糟！」

他將一側的頭髮向後撥，露出禿掉的三個大斑塊，看起來好像再也長不出頭髮了。

克勞斯看著我豎起的髮根，咧嘴笑著說：「山羊是吧？」

我點點頭，把毛帽戴回頭上。

尼勒森老師出現了，他皺著眉頭。

「英格瑪莉亞，」他質問：「妳在男生的這邊操場做什麼？」

我環顧校園，有座椅跟樹木，有草地跟鋪石地，但是沒有什麼地方看起來是特別適合男生，也絕對沒有任何告示寫著：「禁止女生進入」。不過我確實注意到，除了我以外，其他女生全都安靜的坐在校舍旁邊的長椅上。

我皺起鼻子，正想開口說：「謝謝您，尼勒森老師，但是我想女生也應該跟男生一樣，能夠在草地上跑來跑去。」

但是克勞斯站在尼勒森老師後面向我打手勢，眼珠轉向一邊，舉起拇指越過肩膀指向女生那邊。他拚命搖頭，還跳上跳下，最後乾脆掐住自己的脖子，開始做出乾咳的樣子。他演得好逼真，雙手掐得愈來愈緊，兩眼暴凸，舌頭吊得長長的晃來晃去，整張臉變得通紅。這場表演太精采了，我好想繼續看下去，可是尼勒森老師的臉也開始有點漲紅，我不想惹麻煩，尤其今天是我第一天上學。

「我很抱歉，尼勒森老師，」我畢恭畢敬的說，裝出噁心的甜美語調：「我馬上就回去女生那一區。」

尼勒森老師點頭表示允許。我裝出開心順從的樣子走向操場另一邊，心裡卻覺得像被蜜蜂叮了的獾一樣憤怒。

等走到長椅那邊，我瞄到克勞斯終於演到倒地身亡。他「砰！」一聲倒在地上，兩腳還在半空中抽動。芬恩、努德和拉斯莫在他身旁跌跌撞撞繞圈子，還扶著額頭一臉哀傷的哭號。第五個男生走過來，踢了踢克勞斯的肚子，確定他真的死了。

我邊咬蘋果派，邊吃吃笑著。

這一天接下來的時間全是音樂聲。低年級的孩子擠進我們的教室，奧特嘉老師的手指在琴鍵上煞有其事的上下彈動，一副沉醉其中的模樣。她的琴聲有氣無力，沒什麼感情，但我們至少可以發出一些噪音了，也算是一種解脫。

全班唱了〈為此良辰讚美主〉、〈山丘谷地積雪深〉和〈雲雀啁啾向春語〉。大家的聲音都不大，而且從頭到尾一動也不動。

我很想唱一些以前在哥本哈根的學校唱過的有趣歌曲，也很想跳舞，但是除了一隻知更鳥坐在枝頭上，我們唱的歌裡就沒有其他更歡樂的事了。如果音樂聽起來像是抓著昏迷不醒的火雞在鋼琴上亂敲，唱出來的歌聲和外婆跟安吉麗娜之間的對話一樣沉悶，這樣的音樂課有什麼意義？

放學的時候，我既失望又氣憤。

❋

我站在學校大門旁，等著看有誰和我走同一條路，但大家不是住在斯瓦內克，就是住海邊的農莊。我朝蘇菲揮手，目送她的身影在樹籬轉彎之後消失，把笨重的木鞋穿緊一點，踏上漫長的回家路途。

走到巷子底那棵大橡樹的時候，我不知道該左轉還是右轉。我閉上眼，試著記起早上跟著外婆走過來的情景，但是我想不起來。所有山坡看起來都差不多，只有上面有一座紅色大風車的不一樣。但我確信，風車是我今天在學校時蓋起來的。

也許我從一開始就走錯路了。我可以走回斯瓦內克，再從頭開始，但是我真的不認為我的兩腿可以撐那麼久。我當場跪倒在腳下的草地上，將頭埋進臂彎。

這時有人拉了一下我的辮子，還笑了一下。「妳該不會迷路了吧，羊小妹？」

我抬起頭，看到克勞斯瘦削的臉上堆滿笑容。真的好丟臉。我都十歲了，卻連回家的路都找不到。忽然，我覺得一切都讓人難以忍受——在教室裡不能發出任何聲音，同學看到我的頭髮被啃掉半邊，操場上的草地被列為女生禁區，一點都不歡樂的音樂，現在再加上找路回家的艱鉅任務。大顆的眼淚流了滿臉，我知道自己一定哭成了醜八怪。

「振作點！」克勞斯微笑著說：「我陪妳走回家，其實妳快走到了。」

他牽著我的手，帶我走過一條又一條小路，經過豬圈，橫越牧馬場，最後來到外婆農莊的柵門前面。

「克勞斯，謝謝你。」我低聲說，邊用衣袖抹了抹鼻子。迷路讓我又害怕又羞愧，好不容易擠出這幾個字。

「沒什麼，」他咧嘴笑了：「反正我也順路。」

看著他明亮的藍眼睛，我想他是我在波霍姆看過最開心的人了。當然囉，除了亨利以外。

「你住這附近嗎？」我問，暗暗希望以後也許可以一起走路上下學。

他不自在的動了動身體，臉有點紅。

「算是吧，」他說：「有時候是。」

我正要問他是什麼意思，就聽到外婆的呼喊聲：「孩子，是妳嗎？進來幫我顧一下小豬。」

「我該走了，」克勞斯說：「明天見。」

我還想問他明天願不願意跟我一起走路上學，他已經像兔子一樣飛快跑走，我連再見都來不及說，只看到他的背影消失在小路轉彎的地方。

那天晚上吃晚餐的時候，我說：「外婆，妳知道在哥本哈根的學校裡，女生跟男生可以一起玩嗎？女生也可以跑來跑去、爬上爬下跟大吼大叫。有時候我們會從腓特烈堡花園的山坡上滾下來，弄得頭髮都是草，滾到頭都暈了。有一天漢森老師甚至跟我們一起滾下來，她說運動對女生很好，而且男生可以做的事，女生也可以做。」

外婆把我的空湯碗端走，換上兩條醃鯡魚和一顆水煮蛋，還切了厚厚一片黑麥麵包墊在鯡魚下面。

「在哥本哈根的學校裡，如果我們寫了很棒的故事，」我邊嚼著滿嘴蛋和魚邊說：「老師會要我們站在全班前面，大聲唸出自己的故事。大家都會鼓掌。如果有人故事寫得特別好，還會被派到其他班級去唸給更多同學聽。」

外婆在我的盤子上「啪！」的又放了一顆水煮蛋。

「不管是擤鼻子或咳嗽，哥本哈根學校裡的老師都不會生氣，」我解釋：「有時候老師會讓我們講話，說明自己的作業或分享想法，而且海萊絲老師喜歡看到我們大笑。她說大笑對靈魂有益，她似乎不覺得開心大笑有什麼不對。」

我大口吞下最後一塊黑麥麵包，想著我是不是講太多話了。我決心讓外婆以我為榮，我想要讓她覺得我在學校很開心，適應得很好。雖然我其實沒有。

外婆在廚房裡忙碌，在盤子上將葡萄乾、肉桂餅乾和薑餅人堆得高高的。記得今天早上去上學的時候，屋裡還沒有任何薑餅人存在，外婆一定是趁白天烤好，專門要給我吃的。

我從椅子上跳起來，抱住外婆胖呼呼的肚子。

她將我揮開，輕斥一聲：「妳這孩子！坐好再吃。只是幾塊餅乾而已。」但我從她微微上揚的嘴角看得出來，她很高興。

我坐回椅子上，咯咯笑著咬掉一個薑餅人的手臂和雙腿。外婆去泡茶的時候，我抓起兩個薑餅人，讓他們在桌巾上前後移動、跳起舞來。

「外婆妳知道嗎？」我說：「在哥本哈根的學校裡，我們每天都會唱歌。漢森老師會吹笛子，海萊絲老師彈鋼琴，她們合奏起來很熱鬧，好像有馬戲團來到鎮上。我們會唱很歡樂的歌、很好笑的歌，還會唱一首真的在講馬戲團到鎮上的歌！」

我讓薑餅人繞著餐桌跳舞，嘴裡哼起〈小丑登場〉。

外婆端著她的茶杯坐下，微瞇起眼，然後說：「英格瑪莉亞，妳一句都還沒講到妳的新學校。」

我呆看了外婆一會兒，心想被她發現了。但是我急中生智，將雙手交握擺在餐桌上，用我最溫柔甜美的斯瓦內克公立學校專用語氣回答：「在學校非常愉快。願主保佑外婆，謝謝外婆關心。」

外婆翻了個白眼，一口咬掉手上薑餅人的頭。

到了上床睡覺的時間，外婆點亮蠟燭，從我的枕頭下面抽出《安徒生童話》。

「我想就別再唸那個踩過麵包的女孩了，」她說：「那個故事很恐怖，我怕唸了晚上做惡夢。」

我放心的微笑。我知道外婆不會做惡夢，她是替我著想。

我告訴她，今天在學校寫了一個關於麵包的故事。

「是快樂的故事，」我說明：「而且故事裡沒有浪費食物這種不應該的事。」

我盡可能精確的重講一遍我寫的故事，外婆很認真聽。

「英格瑪莉亞，妳寫的故事很棒，」她說：「比我讀過的任何一篇安徒生童話都好聽。」我開心得胸口都快爆炸了。

為了證明她說的，外婆把故事書塞回床下，要我再講另一個故事給她聽。

我講起胖嘟嘟老太婆跟飛天燈籠內褲的故事，講啊講的就睡著了。

第9章

勇敢的小兔子

日子一天天過去，學校生活卻沒有變得更有趣。同樣的拼字作業我寫了太多遍，連晚上作夢都開始看到那些字，一片死寂的教室更讓我起雞皮疙瘩。我愈想端坐不動，兩腳就愈想輕踩地板，膝蓋就愈想上下亂動，連手指都忍不住想在課桌上敲打。我恨不得張大嘴巴，製造出各式各樣以前從沒發出過的噪音——彈動舌頭得勒得勒，咬牙切齒格格作響，從喉嚨深處發出低沉呼嚕聲，還有吐舌扮鬼臉做出吵鬧怪聲。我很想克制自己，但是努力得好累。

更糟的是，早上的休息時間一定要和其他女生一起，只能坐在長椅上文靜的看書或聊天，或是在教室和側邊柵欄之間的鋪石地上玩耍。地方小到連跳繩都嫌太擠，當然不可能玩扮火龍、巨怪或飛天麵包互相追趕跑跳的遊戲。我羨慕的盯著克勞斯和他的朋友們在草地上盡情奔跑、扭打翻滾，把衣服都弄破了，還沾得滿臉沙土。

我回到教室，兩隻腳還是蠢蠢欲動，滿腦子幻想天馬行空。

這天是星期三，尼勒森老師宣布上美術課時，我以為終於有得玩了。我喜歡隨興塗畫，但是老師要我們畫房子，而且規定大家都要先畫一個方盒子，再加上屋頂、一扇門和兩扇窗戶。我們只有三種顏色可用：褐色、綠色和黑色。我很想在花園裡畫大朵紅花和長頸鹿，但是尼勒森老師說不行。最後，我畫的房子看起來跟其他人畫的沒有兩樣，唯一不同的是，我畫了亨利從窗戶向外看的臉。我好失望。

到了星期四，看到奧特嘉老師帶著她的二十八名學生走進我們教室，我心裡一沉。又要上音樂課了。

唱歌的時候只能直挺挺站著不動，一點都不好玩。唱完第四首以後，我恨不得能動一下身體。唱〈小兔子快來這裡〉的時候，我試著擺動耳朵，還是覺得不滿足。等到奧特嘉老師的手指落在琴鍵上，彈起最後一首歌，我開始跟著歌輕輕蹦跳：

「小兔子跳呀跳，
蹦呀，跳呀，蹦蹦跳。

小兔子跳呀跳，

蹦呀，跳呀，蹦蹦跳。」

音樂結束的時候，我已經從課桌後面跳出來，跳了半條走道那麼長。

奧特嘉老師從眼鏡上緣盯著我看。

「英格瑪莉亞．簡笙，妳在做什麼？」她問。

艾倫．史考夫斯卡從後面揪住我的連身裙，想要把我拉回位子上。但是我相信，只要奧特嘉老師知道她彈的琴聲還可以怎麼配上一點舞步，她一定會喜歡的。不用很複雜，只是好玩而已。

沿著課桌間的走道，我又蹦跳了起來，還開口唱起歌：

「小兔子跳呀跳，

蹦呀，跳呀，蹦蹦跳。

小兔子跳呀跳，

蹦呀，跳呀，蹦蹦跳。」

我一路跳到教室前面，奧特嘉老師還是不為所動。不過有一、兩個小朋友看起來很興奮，所以我想最好還是繼續跳下去。兔子歌唱完了，我順口唱出腦中浮現的第一首歌。

「咯勒——咯勒——咯勒。
真是——美味——啊。
咯勒——咯勒——咯勒。
真是——美味——啊。」

我兩腳輪流單腳向前跳，兩手舉在胸前模仿兔子的腳掌。有一半的低年級小朋友學著我的樣子，我們重新唱跳了一遍。唱完第二遍咯勒勒之歌後，我領著一排小朋友在教室裡邊跳邊唱：

「小兔子跳呀跳，
蹦呀，跳呀，蹦蹦跳。
小兔子跳呀跳，

蹦呀，跳呀，蹦蹦跳。」

等我們唱完，尼勒森老師的臉漲得跟甜菜根一樣紅，忍耐到全身發抖。奧特嘉老師坐在鋼琴前面，嘴巴一張一合。我想她也想跟著唱，但是看到音樂課變這麼好玩，興奮到唱不出來。

我衝著她微笑，然後回到座位上，回座前不忘屈膝行個禮並說：「請多指教。」

回家路上，克勞斯追在我後面。還沒到我跟前，他就又笑又叫了起來。

「今天真是太精采了！」他大喊：「我想奧特嘉老師簡直要氣炸了！」

「她看起來倒是對我們的歌舞很滿意。」我說。

「滿意？」克勞斯倒抽一口氣：「她氣瘋了！」

我楞住了。克勞斯怎麼可以這麼說？

「我只是想讓她看看，音樂課也可以很好玩。」我解釋。

「噢，是很好玩沒錯，」克勞斯說：「尼勒森老師差笑死，我從沒看過他在學校這麼開心過。」

「那奧特嘉老師呢？」我問，心裡愈來愈擔憂。

「她一定很生氣，」克勞斯說：「火冒三丈，七竅生煙，勃然大怒。」

「什麼是勃然大怒？」我問。

「真的、真的很生氣。」

我想了一會兒，然後問：「呃，那她為什麼沒有處罰我？」

「驚嚇過度啦！」克勞斯大笑：「而且，其他人都樂在其中。音樂課很可怕，但今天實在太好笑了。」

我停下腳步，伸出木鞋踢著地上的泥巴。外婆知道的話會怎麼樣？我不是故意調皮搗蛋，但是我又讓自己丟臉了。

「別擔心，羊小妹英格瑪莉亞，」克勞斯咧嘴笑著：「我跟芬恩、拉斯莫、努德還有其他幾個男生討論過，講好下次陪妳一起跳。」

「真的嗎？」我大喊。

「真的！」他大叫。

我的臉上綻出大大的笑容。我握住克勞斯的手，拉他到小路上一起唱跳了起來：

「咯勒——咯勒——咯勒。

真是——美味——啊。

咯勒——咯勒——咯勒。

真是——美味——啊。」

我們的下一堂音樂課，保證讓奧特嘉老師很滿意。

第10章

邪惡的剪刀

星期五那天，克勞斯和努德、拉斯莫追趕打鬧，操場上「禁止女生進入」那一塊熱鬧非凡，簡直就是對我的嘲笑。只看到蓬亂的橘色頭髮、燦爛得意的笑容、飄動的綠色和藍色圍巾，跟扭攪在一起的好幾雙胳膊和腿在我眼前飛快閃過。我站在鋪石地的邊緣，望著他們的背影，心中無比嚮往。

英格麗．漢森拉拉我的袖子，她說：「別再看那些臭男生了。我們坐下來，玩一場好玩的多米諾骨牌嘛。」

不知道究竟是多米諾骨牌，還是英格麗溫柔文靜的聲音惹到我，我腦袋裡忽然好像有什麼「啪！」一聲斷了。我再也不想在斯瓦內克公立學校當女生了。

我跑回教室，拿下紅帽子，抓起尼勒森老師的黃銅大剪刀，咔嚓咔嚓剪了起來。

我先剪掉僅剩的一根長長的金色髮辮。

咔嚓！

接著，我抓起披散的頭髮，靠近頭皮開始剪短。

咔嚓！咔嚓！咔嚓！

看到地上掉了這麼多頭髮，我楞了一會兒，但現在後悔也來不及了。我撿起地上的頭髮丟進壁爐，把剪刀放回尼勒森老師桌上，帽子塞進大衣口袋。

我跑出教室，經過排排坐看書、玩西洋跳棋和靜靜聊天的女生。我衝過草地，像獅子一樣大吼幾聲，撲向克勞斯，把他撞倒在地。我揮舞拳頭像野蠻人，摔起角來像隻大熊，咒罵起來不輸漁夫。芬恩和拉斯莫也加入打鬧，然後努德、歐力和安東也加入了。我混在男生群裡，一直到下課時間結束的鈴聲響起，大家都要回教室，尼勒森老師才發現，操場上「禁止女生進入」那邊，竟然有一道穿裙子的身影。

這次是真的豁出去了。

我知道自己做的事很蠢，而且魯莽衝動，很可能是斯瓦內克公立學校創校以來所有學生裡面，做過最調皮的一件事。

我也知道，我一點都不覺得丟臉。

尼勒森老師居高臨下站在我前面，努力保持冷靜寬容，但是他額頭上暴出一根青筋，左眼不停抽動。不是憋笑時的那種抽動，是另一種——告訴我大禍即將臨頭的那種。

「英格瑪莉亞．簡笙。」他說，語氣很輕柔，但是帶著威脅。他在等我道歉。

張嘴之後說出的話，連我自己都嚇了一跳，但我似乎停不下來。

「為什麼您覺得女生只能玩文靜的遊戲？還有，畫畫的時候，為什麼我們不能用很多顏色？不能在紙上畫藍色的樹、會飛的駱駝和只有三隻腳的火雞？為什麼我們不能邊聽音樂邊跳舞、拍手跟大笑？為什麼我們不能唸自己寫的女生坐茶壺出海、學習章魚語言的故事？為什麼喉嚨或鼻子真的癢到受不了，卻不能大聲咳嗽或摳鼻子？」

尼勒森老師不自在的動了動身體。

「還有，」我大喊：「那個糟糕、要命、該死的拼字作業，為什麼我每天都要寫、十、遍？」

尼勒森老師看我的樣子，好像我已經瘋了。我們瞪著對方看了好一會兒，雙方都更意想不到的，是接下來從我口中冒出來的句子。

「我想我現在該走了。」

我踩著木鞋調頭，向外狂奔而去。

※

我不停奔跑。

我沒有跑回外婆的農莊。這真的是我這輩子最可恥的一次。外婆一定會覺得我讓她很丟臉。她一定會打我、甚至痛罵我，或是把我鎖在食物儲藏室裡。在兩邊都是黃色和黑色小屋的街道上，我拚命跑，豎起的短髮在風中搖晃。腳下木鞋重重踩在鋪石路上，「砰咚砰咚」的聲音聽起來既粗野又危險，跟我現在的感覺一模一樣。跑著跑著，我發現自己到了港口。不到兩星期前，我就是從這裡踏上這座可怕的小島。

我停下腳步，留戀的望著大海，幻想大海帶我回到哥本哈根，回到從前和媽媽在一起的生活。回到從前的英格瑪莉亞・簡笙，過著好玩又有趣的人生。沒有用的。我被困在這裡了。

安吉麗娜正朝港口走來。我絕不能讓她瞧見我在這裡，不然她一定會告訴外婆。我沿著岸邊一直跑，看到一棟似乎空無一人的建築，馬上躲進去。

才剛躲進去，全身就籠罩在熱氣和燻煙裡。我被嗆得不停乾咳，跌跌撞撞向前移動，迎頭撞上吊在半空中的一束魚乾。

原來是煙燻室。天花板上掛著成千上百隻鯡魚，全都尾下頭上倒吊著。屋裡大量木柴架起的火堆，冒出一股股專門用來燻製魚肉的濃重白煙。

躲在這裡應該暫時安全了。在火堆完全熄滅、不再冒出白煙之前，都不會有人回來查看。

我縮在角落，謝天謝地！裡頭很溫暖。我只希望頭上不要有這麼多鼓凸的魚眼瞪著我。

「有什麼好看的？」我問：「沒看過女生剃光頭嗎？」

鯡魚沒有回答，只是繼續瞪大眼睛，很驚訝似的半張著嘴。

第11章

臭魚乾

在煙燻室裡醒來的感覺好怪。

我最先注意到的，是皮膚變得又乾又熱，臉緊繃到好像快要炸開。接著，是四周的氣味。鯡魚新鮮時的味道就很刺鼻了，我在這裡一定已經待了好幾個小時，鯡魚全都被煙燻得縮皺脫水，腥臭味是之前的幾百萬倍。

大塊頭喬格森和一個老人向我湊近，各拿著一條手帕掩著口鼻。我不確定他們是不想吸進燻煙，還是不想聞到臭魚味。這股味道真的很可怕。

「對，是她沒錯，」大塊頭說：「暈暈緹．布魯蘭家那個小姑娘。」

另一個人彎下腰，戳了戳我的臉頰，再戳了一下我的頭髮。

「我看是不怎麼像小女孩，」他說：「更像隻煙燻鯡魚……或煙燻小豬。」

克勞斯從兩個人中間擠了出來，朝我咧嘴一笑。

「臭哄哄的！羊小妹，妳聞起來糟透了！」

他伸手在鼻子前拚命揮啊揮的，然後大笑起來。

「看起來也不太妙，」他說：「來吧，我帶妳回家。」

我不想回家，但我也不知道還能做什麼。既然被發現了，我也不能繼續跟鯡魚待在一起。

大塊頭和他的朋友站到一旁，讓克勞斯把我拉出煙燻室。大塊頭在我們背後大喊：「小子，出去的時候別想順便偷魚！你打什麼歪主意，我清楚得很，想都別想！」

我正想問克勞斯大塊頭的話是什麼意思，但是才走出去就嚇了一跳，外面竟然一片漆黑，而且冷得不得了。已經很晚了，我一定睡了好幾個小時，說不定是被煙燻昏的。

我在一臺打水幫浦旁停下來，像駱駝一樣大口喝水。等我覺得自己終於從脫水的煙燻魚乾變回小女孩，才站起來盯著克勞斯。

「那你又在這裡幹麼？」我問他：「這時候你不是應該在家裡睡覺嗎？」

克勞斯忽然一臉困窘，但很快又露出友善迷人的招牌笑容。

「妳不也是嗎？」他說。

我抹了抹從燻乾的下巴流下的水滴。

「那不一樣，」我說：「我是離家出走。」

「出走完該回家啦。」克勞斯糾正我，然後抓住我的手，拉著我走向煙燻室相反的方向。

走到港口邊時，一隻黑白雙色貓從石頭圍牆跳下來，跟在我們後面喵喵叫個不停。我累到沒力氣阻止牠，也不想摸牠，但牠硬是跟著我們。克勞斯偷笑了幾聲，但我看不出這有什麼好笑，不過是一隻普通的貓。

我們轉了個彎，爬上山坡途中，又有兩隻貓跟了過來——一隻橘色大公貓，跟一隻漂亮的小灰貓。那天晚上是滿月，這些貓或許是來山坡上參加什麼聚會。

等我們經過學校的時候，後頭已經跟著浩浩蕩蕩一大群貓。牠們全都尾巴翹高，邊小跑步邊咪嗚叫。克勞斯笑得前仰後合，我氣得要命。

我停下來，兩手插腰，轉身瞪著他。貓群的喵喵叫聲更加響亮，爭先恐後在我腳邊擠來竄去，我被淹沒在一片嗅聞磨蹭、呼嚕聲響的毛皮海裡。

「你笑什麼？」我大叫。

一隻小黑貓正爬到我的裙子上，我兩手抓住牠，將牠舉高到面前。

「還有這些貓為什麼一直跟著我們？」我大吼。

「不是跟著我們！」克勞斯說：「是跟著妳。」

他笑到喘不過氣，甚至得靠著樹幹，才不至於在地上翻滾。

究竟怎麼一回事？

「這些貓跟著妳，」他解釋：「因為妳渾身都是魚腥味！」

我舉起手臂聞了一下，是有一點魚腥味，但是絕對沒有剛剛在煙燻室裡那麼臭。

「相信我，」克勞斯說，笑得合不攏嘴：「妳聞起來就像剛出海回來的漁船。妳自己聞不出來，因為妳剛剛周圍都是魚，已經習慣那股魚腥味了。」

小貓舔了一下我的鼻子。

「妳真的、真的好臭，」他說：「貓咪最愛這一味。」

我哀號了一聲，把小貓放到地上。我們爬往上坡的小路，我全身又乾又緊繃，頭上只剩一叢叢扎手的短髮根，腳邊跟著二十七隻貓，旁邊還有一個瘦巴巴的金髮男孩，不管揍他幾下，他都笑個不停。

❋

等我們回到外婆的農莊，克勞斯的誇張笑聲已經收斂不少，只剩下咯咯竊笑和鼻孔偶爾吭哧幾聲。他手上抱著小黑貓，跟在我們後面的貓只剩下八隻。其他原本指望有鮮魚大餐可以分一杯羹的貓，等得不耐煩就回家了。

克勞斯將小貓塞進我的裙子口袋，然後說：「我該走了。」

我還來不及向他道謝，他就沿著小路跑遠了，朝著和他星期一離開時相反的方向。我心想：都這麼晚了，他還能去什麼地方呢？

我走向小木屋，貓咪亦步亦趨纏在腳邊。

「走開！」我說：「回家去。」

但我累壞了，牠們也知道我不會認真趕，所以賴著不走。

我大力推開前門，聽到外婆擔心的大喊：「英格瑪利亞，是妳嗎？」

我走到客廳的燭光下，外婆倒抽了一口氣。她盯著我全身上下，不知道先看哪裡才好——是滿頭豎立黏結成一團團的髒兮兮短髮根，還是被煙燻成皺巴黃褐老皮革的臉？是活像從火堆裡搶救出來的衣服，還是把我的身體當成山、抓呀爬呀的小黑登山客？或是繞著腳邊穿梭磨蹭喵嗚直叫、相信一定等得到我拿出藏在身上某處的魚的八隻貓？

忽然，就像有人用平底鍋狠狠敲了她的頭，外婆退了一大步，然後用手捏住鼻子。

「英格瑪莉亞．簡笙！妳到底做了什麼？」她高喊。

我甚至沒等外婆做好聽答案的準備，就將事情一股腦兒和盤托出。我告訴她：教室裡安靜得多麼可怕，讓我兩腿抽筋、口吐白沫；學校操場上多麼不公平，只有男生可以大吼大叫、橫衝直撞，女生只能在草地區玩；我舉起黃銅大剪刀之後發生什麼事，最後是我在港口被燻成了鯡魚乾。

這時，小貓已經爬到肩膀，往我的耳朵裡舔。周圍的貓咪也應和著我的哀號和啜泣，發出同情的喵叫聲。

外婆邊搖頭邊喃喃咒罵。她抓起掃把，將貓一隻接一隻趕到門外。

等她回頭望向我時，嘆了口氣。

「孩子，老天啊，妳聞起來像整桶腐爛的蝦子！沒想到才星期五，就得把洗澡盆抬出來了。」

她衝進廚房，途中回頭大喊：「妳身上那股味道要好幾天、說不定好幾星期才散得掉。沒散掉之前，學校不會讓妳回去上學的。」

聽到外婆的話，我驚喜得心頭狂跳。

「我年紀大了，要忙的事情又多，哪有空當老師管教十歲的小女孩？但我看也沒別的辦法了，」外婆咕噥個沒完：「還有，別以為我沒看到妳身上那隻滿身跳蚤的黑色毛球！」

我跟著外婆進廚房，她一把抓起小貓，把牠的臉壓進一盤鮮奶油。鮮奶油！給一隻小流浪貓！

外婆氣呼呼的邊走動張羅邊發牢騷，好像全世界的重擔都得由她來扛了。但外婆是騙不了我的。她喜歡這隻滿身跳蚤的黑毛球，而且她很開心接下來一、兩個星期，有人在家裡和她作伴。

第12章

有禮貌的好孩子

星期六早上，天還沒亮，我的十指凍得發疼，但是開心得像窩在落葉堆裡的刺蝟。我把頭靠在布洛珊身上，輕輕拉扯她的乳頭。我可以聽見牠肚子裡消化乾草的咕嘟聲，就像溫暖人心的音樂。我跟著哼了起來：

「咯勒——咯勒——咯勒。
咕嘟——咕嘟——咕嘟。
咯勒——咯勒——咯勒。
咕嘟——咕嘟——咕嘟。」

外婆已經在希爾妲那裡擠滿一桶牛奶，我擠出的牛奶只蓋滿桶底，但開始抓到那種手感了。布洛珊一直很有耐心，頂多在我捏太用力的時候朝我小腿踢出一腳。就算是這樣，牠也會注意不要只踢同一個地方。

小黑蚤在附近的稻草堆玩耍。牠原本追著幾段繩結，直到注意到耀武揚威從乾草堆後面走出來的亨利。小黑蚤像老虎一樣伏低身體，準備朝獵物出擊。隨著亨利慢慢接近，小貓的屁股也愈翹愈高，還輕輕左右擺動，但牠的上半身保持壓低。牠認為亨利沒有注意到牠。

小黑蛋開始匍匐前進，跟在身軀龐大的火雞後頭輕柔緩慢的打轉。牠忽然暴衝，朝著亨利飛奔過去。牠屈起細小的四肢，正要給亨利來個最後撲擊時，亨利突然「噗啦！」一聲張開雙翅，開始高歌：「嗄咯——咭咯——喀咯——咯勒——咯勒！」

跳到半空中的小黑蛋驚恐得瞪大了眼睛，高高拱起後背，全身的毛都豎了起來。牠落在亨利腳前，發出短促的哈氣聲，然後飛也似的躲到一袋小麥後面。

亨利拍拍翅膀，咯咯大笑：「嗄咯——喀咯——咭咯——咯勒！」

李維將驢耳向後貼平，轉了轉眼珠，發出快活的嘶叫聲。普蘭蒂的小豬開始細聲尖鳴。

外婆嘀咕著：「全都安靜點，再吵就把你們做成香腸。」

但是沒人把這句話當真。我們都看到她把從生乳最上層刮起的鮮奶油藏在產蛋箱後面，趁鮮奶油還溫熱的時候餵小黑蛋喝。還有，李維嘴裡嚼的紅蘿蔔也絕不是憑空出現。

農莊忙完之後，我吃了一大碗燕麥片、兩片麵包和乳酪。接著，外婆把一枝鉛筆和一疊紙重重放在廚房桌上。我的上課時間到了。

我坐直身體，雙手交疊，等著外婆指示。我迫不及待想讓外婆知道，雖然我在斯瓦內克公立學校一開始的表現差強人意，但我會是個好學生。

「孩子，這些是妳今天早上的功課，」她邊燒水準備洗衣物邊說：「第一，寫一個故事，裡面要有一碗燕麥片、一隻狐狸和一隻小黑貓。」

我滿臉興奮的看著外婆，開心的拍起手來。

「第二，」她繼續說：「寫下做薑餅人的食譜，但是所有材料要是平常的兩倍。我們待會兒就用這份食譜做薑餅人，是下午拜訪佩德森姊妹要帶的。」

我很開心可以學做糕點，但一想到要拜訪無聊得要死的歐嘉和蒂娜，我寧願立刻回去上學。

「還有，第三，」外婆邊說邊用木湯匙敲了敲桌子，我嚇得跳了起來：「妳要寫一封信給尼勒森老師，為了對他說話沒禮貌和逃學的事情道歉。」

這件事完全出乎我的預料。我張開嘴想要抗議，但是外婆雙手插腰，瞪著我看我敢不敢討價還價。我討厭道歉，但是我心知肚明，外婆的要求沒錯。如果是媽媽，她也會這樣。我可以不贊成學校老師的看法，甚至可以指出有什麼規定不公平，但是跟師長說話不可以粗魯沒禮貌。

我抽了一張紙，拿起鉛筆開始寫信。

親愛的尼勒森老師：

我非常抱歉，滿懷愧疚，謹以此信表達我最深的歉意。星期五那天，我表現得非常調皮、粗魯、野蠻、沒禮貌又不聽話，我誠摯祈求您的原諒。我不應該沒有先徵求您的同意，就擅自使用您的剪刀。我不應該怒氣沖沖的瞪著您，還對您大吼大叫。我也不應該沒說一聲「可否讓我先離開」就跑出學校。

我想把握這個機會，以成熟又有禮貌的方式，向您表達我的強烈不滿。如此一來，等我回到學校，我就不會再忍不住對您大吼大叫了。

第一，女生不蠢不笨，也不軟弱無力。男生能做的事，女生一樣能做，有時候還比男生做得更好。我敢說如果給艾倫．史考夫斯卡機會，她可以跑得比學校裡所有男生都快；我外婆擠牛奶的速度，比您作夢可以想到的還要快。請給女生機會，讓她們也能在草地上跑跳玩鬧。也許您還可以偶爾讓我們大喊大叫一下——或許就安排在每個月第二個星期一。

第二，故事和繪畫都是靈魂的窗口。如果我們只能畫一模一樣的圖，恐怕最後大家都會失去自己能夠開心發光的獨特氣質。還有，為什麼我們不能唸自己寫的優美故事跟大家分享？想像一下，要是安徒生的老師不准他把美人魚、會說話的茶壺和飛天皮箱的童話講給別人聽，我們會有多傷心呢？

第三，您真的覺得奧特嘉老師是最適合教音樂課的人選嗎？我不這麼認為。

最後，您每天穿來學校的褐色大衣很不好看。您會老是覺得悶悶不樂，很可能就是因為大衣太醜了。

英格瑪利亞・簡笙

敬上

第13章

威果和偷蛋賊

我踩著木鞋蹣跚走在小路上，手裡提著兩個籃子。一個籃子裝滿薑餅人，另一個鋪滿外婆線頭鬆脫的舊內褲，小黑蛋就蜷縮在這張舒適床鋪裡呼呼大睡。外婆嘴上說不能留小黑蛋自己在家，免得牠抓壞家具或是弄髒地毯，但其實只是因為她很疼小黑蛋，捨不得拋下牠出門。

我們爬上第一座山坡，還沒到山頂就有一隻白貓跟在後頭，興奮的喵喵叫。很快又有一隻灰白雙色貓和黑色大公貓加入行列。我想，外婆雖然在我身上奮力刷洗，還在洗澡水裡倒了好多薰衣草油，但似乎沒什麼用，我身上的味道還是沒什麼變。

快到佩德森家農莊時，不知從哪兒冒出一隻大灰狗，追著貓咪將牠們趕到原野另一頭。外婆放心的吁了口氣。

蒂娜和歐嘉的小木屋是我這輩子看過最漂亮的房子。亮黃色的牆面配黑色的木柱條，上面的乾草屋頂是新鋪的，花園裡種滿早春的球莖植物，前頭還有一口許願井，看起來似乎真的具有神奇魔力。等我們走到屋前的柵門，大灰狗跑回來迎接。牠汪汪吠叫、使勁搖尾巴，賣力得大半個身體都跟著來回晃動。

「安靜！坐下，威果！」外婆輕聲喝斥。威果真的不再吠叫，坐了下來！

小黑蛋已經醒了，從睡籃邊緣朝外面偷看。威果嗚咽輕叫，很明顯是想對小貓吠個幾聲示威，但是外婆已經叫牠安靜，牠不敢不聽話。

我拍拍威果的頭，牠舉起一隻前掌。我和牠握握手，跟牠說：「威果你好，很高興認識你。」

小黑蛋從睡籃邊緣探出身體，掄起貓爪朝威果的耳朵一掃。可憐的大狗癱倒在地，發出痛苦的哀鳴，小黑蛋哈氣威嚇，從籃子一路爬上我的肩膀。我被牠細小的腳爪一抓，嚇得手一鬆，把薑餅人的籃子掉在地上。

佩德森姊妹到門口歡迎我們，最先看到的是威果在地上哀號打滾，把花圃裡的雪花蓮和黃色水仙壓得稀巴爛。我跪在地上，忙著拍掉薑餅人沾到的灰塵草屑，再一個個擺回籃子裡。外婆則一臉若無其事，把小黑蛋高高舉到半空中，大聲打起招呼：「午安啊，蒂娜跟歐嘉，願主保佑妳們！」

「午安，暈暈緹．布魯蘭，願主保佑妳！」雙胞胎異口同聲，然後轉向我：「午安，英格瑪利亞．簡笙，願主保佑妳！」

這是第一次有波霍姆島的人願意認真向我打招呼！我抬頭望著她們，露出我最燦爛的笑容。我把一個沾到泥土的薑餅人拿高，朝她們揮舞，沒想到兩位老太太竟同時開心微笑。

「快進來，進來坐！」歐嘉喊著——或是蒂娜。我分不清楚誰是誰。

她們簇擁著我們進屋，外婆還來不及阻止，她們就幫我脫下大衣和紅色大毛帽。我火速伸手，想蓋住滿頭像被狗啃的短髮根，但是蒂娜（也可能是歐嘉）只顧像隻矮腳母雞一樣咯咯輕笑，嘴裡唸著：「唉呀我的老天，所以剪刀的事是真的。」

歐嘉（也可能是蒂娜）皺了皺鼻子、瞪大了眼睛歡快的說：「還有，躲在煙燻室裡的事也是真的！聞聞這味道！」

雙胞胎姊妹一人一邊抓起我的手臂，帶我走進廚房，口裡不停閒聊，在我頭上摸了又摸。我既困惑又開心，有點明白她們那麼興高采烈，是因為聽說了我的調皮事蹟。

她們要我坐下，幫我倒了杯牛奶，在盤子上堆滿杏桃奶酥餅乾，接著開始拋出一個又一個問題。她們的鄰居當天早上去港口買燻鯡魚，巧遇大塊頭喬格森的朋友烏里克，所以她們只聽過別人轉述，現在她們想知道所有細節。我實在不忍心責怪她們，因為她們的日子似乎太安靜、太無聊了。我敢說，不聽話的野女孩自己剪掉頭髮、跟男生摔角打鬧，還講話頂撞老師，逃學以後躲進煙燻室被燻成好大一條臭魚乾之後，還在鎮上四處亂跑，引來幾十隻貓跟著不走的故事，保證逗得她們樂不可支。但是我看看外婆，再看看佩德森姊妹，開口說出我唯一能說的一句話：「是我不該調皮搗蛋，很抱歉我惹了這麼多麻煩。」

外婆贊許的點頭。

我探頭湊近藍白條紋的牛奶壺，對它說：「漂亮的壺你好，謝謝你請我喝牛奶。」

我抬起頭，外婆嘆了口氣，雙胞胎姊妹又吃吃笑了起來。我咬了一口杏桃餅乾。

蒂娜和歐嘉看到我們帶去的薑餅人大為歡喜，似乎沒注意到有的多了一顆頭，有的少了一條腿，甚至不介意有的上面還沾了泥土和青草。她們笑容滿面，一邊啃薑餅人，一邊在我的盤子裡拚命堆餅乾，我吃到肚子都快爆炸了。

最後，外婆開口了：「英格瑪莉亞，妳可以先下桌了。要不要出去跟威果玩一下？小黑蛋我來顧就好。」

我拿了兩個薑餅人放進口袋，向外走到花園。威果小心翼翼迎向我，等到確認小黑蛋沒有跟我在一起，才歡天喜地跟我玩了起來。我們在木屋前面的小路跑來跑去，感覺寒風呼嘯吹過我參差的髮根。我大聲尖叫，踩著腳下的木鞋啪啦踏過爛泥巴，哈哈大笑。

忽然，佩德森家屋子後頭的穀倉裡傳來騷動聲響。威果豎起耳朵，發出低沉的吼叫聲。我們朝屋子後面跑去，想要一探究竟。

我當場楞住，不敢相信眼前的景象。

威果也在原地停住不動。牠頸背上的毛全部豎起，露出白森森的尖牙，咆哮了起來。

「威果坐下，安靜！」我趕快制止，沒想到牠會聽我的話。我拍拍威果的頭，稱讚牠是好孩子。

我怒氣沖沖的瞪著克勞斯。他站在穀倉門口，懷裡用捲起的套頭毛衣包著十顆斗大的褐色雞蛋。他偷雞蛋，被我們當場逮個正著。

克勞斯臉漲得通紅，從上衣領口一直紅到髮根。他想要微笑，但是嘴角上揚一會兒之後就向下撇，下脣開始顫抖。

我不再憤怒，只覺得同情。我比任何人都清楚調皮搗蛋做壞事被人當場抓到的感覺。

我趕到克勞斯身邊，輕聲問他：「你到底在做什麼？」

他低頭看著破舊的木鞋。

「偷雞蛋。」他喃喃說著。

「我看得出來，」我說，像外婆和驢子李維習慣的那樣翻了翻白眼：「可是為什麼？」

「妳不會懂的。」他說。

「我當然懂！」我憤憤不平的反駁：「我很聰明，雖然尼勒森老師不信。」

威果向我們靠近，感受到我的怒氣之後輕聲咆哮。

「威果坐下，安靜！」我喝斥。牠乖乖坐下，搖搖放在地上的尾巴向我道歉。

我拿出薑餅人給威果吃，克勞斯就在旁邊，誰都看得出他飢腸轆轆的樣子。我從口袋裡拿出另一個薑餅人，猶豫了一下，然後遞給他，他馬上就把整個薑餅人塞進嘴裡。威果看到自己的第二份點心沒了，輕輕發出一聲哀鳴。

我看著克勞斯懷裡的雞蛋，抬頭看看歐嘉和蒂娜的房子，再望向克勞斯的臉。他明知道偷東西是不對的。

「為什麼？」我再問了一次。

他沒有回答。

我生氣了，大聲質問他：「如果你媽媽知道，她會怎麼說？」

克勞斯忽然露出茫然又懷念的表情，我馬上就知道自己說錯話了。我知道那是什麼意思。過去這幾個星期，我也好幾次露出同樣的表情。

他無力的垂下雙手，懷裡的蛋掉在地上，全都摔破了。

「英格瑪莉亞！」房子前頭傳來外婆的呼喊聲：「英格瑪莉亞，要回家了。」

「快！快跑！」我說，伸手用力推克勞斯。他拔腿奔向穀倉後方，穿過後頭圍起的牧場跑遠了。我不知道他要跑去哪兒，但至少不會因為偷蛋被抓。無論如何，至少逃過今天。

破掉的蛋和沙土混成黏稠的一團，我看了最後一眼，頭也不回朝屋前的花園跑去，威果在我腳跟旁又吠又咬。外婆抱著小黑蛋，拎著我的大衣和帽子，正在向蒂娜和歐嘉兩姊妹道謝跟告別。

走過屋前柵門的時候，我忽然轉身說：「我又調皮闖禍了。」

外婆立刻停下腳步。話才說出口，我就後悔了，但已經來不及。既然起了頭，我只能盡力而為。

「我去穀倉裡撿雞蛋想送給妳，」我結結巴巴的說，邊講邊想故事該怎麼編下去，「但是走到門口的時候，我被自己的木鞋絆倒，雞蛋全都摔破了。」

外婆望向蒂娜和歐嘉，她使勁翻白眼到都變鬥雞眼了。

「全部的雞蛋都摔破了，」我說，然後補上一句：「我竟然這麼不知感恩，造成您的莫大損失，我覺得非常慚愧，希望您們有一天能大發善心原諒我的過錯。」

我等著蒂娜和歐嘉驚訝的伸手掩嘴、倒吸一口氣，或至少嘖嘖兩聲，但她們只是兩眼發亮。蒂娜（也可能是歐嘉）甚至沒等我走過前門，就忍不住笑出聲來。

才踏上屋子前的小路，我就聽到姊妹其中一人說：「好個小丫頭！暈暈緹．布魯蘭說得沒錯，她還真是活潑好動又逗人開心啊！」

「對極了！」另一個答腔：「布魯蘭家裡有這麼個孩子，真是福氣！」

有那麼一會兒，我覺得一定是聽錯了。她應該是說：「布魯蘭家裡有這麼個孩子，真是不幸！」

我滿懷罪惡的偷瞄外婆一眼，發現外婆不但沒有皺起眉或沉著臉，反而眼睛發亮，還抿著嘴角用力憋笑。我不會看錯的，外婆臉上露出的絕對是自豪的表情。

絕不可能是因為我。

可能嗎？

❊

那天晚上，睡我旁邊的外婆照樣鼾聲如雷，小黑蛋舔著兔子費瑞克的臉，我想起了克勞斯。我想到他的親切笑容和熱心幫忙，我知道他其實本性不壞。他跟我一樣，也想當好孩子。

小黑蚤啃了一下我的耳垂，我痛得叫了一聲。

外婆動了一下。

「齁呵——波呵——齁哆——波嗝噗呼——」外婆打著呼嚕，側個身繼續睡。鴨絨被動了動，小黑蚤飛撲起來，撲向這邊又撲往那邊，直到確信整張床鋪都在他的掌控之下才罷休。牠像老虎一樣昂首闊步巡視完畢，回到外婆枕頭上，蜷縮成一團依偎在她的頸窩。月光從臥室窗戶灑落，我可以看到外婆打鼾時噴出的濃重鼻息，吹得小黑蚤的皮毛輕輕起伏。小黑蚤喉頭響起呼嚕聲，牠睡著了。

腦海裡又浮現克勞斯的笑臉。我彷彿還能看到他跟芬恩、努德和拉斯莫在操場上追逐打鬧；我第一天放學迷路時，他親切帶我回家時伸出的那隻細瘦的手。我也還能聽到，一群貓從煙燻室跟我回家時，他咯咯笑的聲音。

可是忽然間，我看到他在佩德森姊妹的穀倉外面，用毛衣包走好多顆蛋。然後我想起來，大塊頭喬格森在煙燻室曾警告他不要偷魚。我懂了。

克勞斯是小偷。

我不想相信，但我知道是真的。

我心中充滿了陌生的情緒，是我從來沒有感受過的悲哀和恐懼。

第14章

貪吃女孩的豐盛午茶

到了星期天，我又被壓進浴缸裡，浸了一遍又一遍。外婆狂搓狠刷，手上的大塊肥皂愈變愈小。她拿著溼布拚命朝我右耳裡抹，如果她再用力一點，我真怕那塊布會從我右耳進、左耳出。

「英格瑪莉亞，妳身上還是一股臭魚味！」外婆大喊。這時一隻薑黃色的貓好像想證明她的話是對的，跳上窗臺貼著玻璃磨蹭，大聲喵嗚想進屋裡。

外婆在洗澡水裡再加了三次薰衣草油，要我泡在裡面，等她餵普蘭蒂吃完剩菜以後才能起來。

還是沒用。

去教堂的路上，一隻大塊頭薑黃色公貓和一隻黑白雙色母貓，帶著五隻小貓一起加入行列。外婆想在抵達教堂之前趕走牠們，但牠們怎麼也不肯離開。幸好教堂的木門很厚重，做禮拜的時候，就連餓極了的饞貓也進不來。

蒂娜和歐嘉姊妹招呼我們去坐同一張長凳，我就坐在兩位老太太之間。她們滿臉堆笑，拍拍我的紅色毛帽，咯咯輕笑活像兩隻母雞，偶爾聞到我身上魚味的時候皺幾下鼻子。開始做禮拜前，蒂娜（也許是歐嘉）偷偷塞給我一小包杏仁餅乾。唱第一首聖歌的時候，我滿嘴餅乾還想跟著唱，結果噴得安吉麗娜的黑大衣上全是餅乾屑，她們連眉毛都沒挑一下。

當大塊頭喬格森的太太又像火雞一樣歡樂高唱，我很小心不要受她影響。我只敢唱聖歌本上的歌詞，而且克制自己只能輪流單腳輕跳。我不太確定，但今天沒有發明什麼新歌來讚美主，外婆看起來好像有點失望。我決定盡力彌補，在禱告過程和每句禱告最後，偶爾用最大的音量高喊一聲：「阿門！」這麼做不但讓外婆在佈道時間保持清醒，好像也讓蒂娜和歐嘉很振奮。

離開教堂時，安吉麗娜邀請外婆隔天帶我去她家喝茶，還特別向我強調，她會再做一次好吃的薑蛋糕。她的意思好像是——把蛋糕切得很薄很薄是天大的樂趣！

安吉麗娜正要轉身離開，我用最甜美的聲音叫住她：「耽誤您一下，安吉麗娜．諾查普女士，您美麗的大衣背面似乎沾到了什麼東西。」

我走上前，拍掉唱聖歌時噴在她背上的餅乾屑。

安吉麗娜動了動嘴角，露出一絲和她切的蛋糕差不多稀薄的微笑。她說：「噢，孩子，謝謝妳。妳真熱心。」

蒂娜和歐嘉姊妹其中一人用手帕掩住口鼻，另一個滿臉漲紅，發出有點像擤鼻子的怪聲。我心想，她們是突然感冒了，還是看到我的表現才忍不住偷笑？

外婆好像成了食人巨怪，橫眉豎目瞪著我。

❁

我窩在床上，盯著故事書的一張圖：一個時鐘、一枝枴杖和兩個靠枕正在熱烈討論。

「外婆，」我問：「妳相信茶壺、湯匙、陀螺跟洋娃娃會講話嗎？」

外婆正在掛衣服，聽了我的問題之後停下動作，思考了一會兒。

我很怕外婆說不相信，但覺得這件事很重要，一定要搞清楚。畢竟安徒生說它們會講話。

外婆鄭重回答：「我想世界上有很多事，是我們沒辦法確定的。」

她從地板上拎起小黑蛋，將牠重重放到床中央。

「當然，我從來沒聽過我的茶壺講話，」她說：「而且我很確定，小時候我的洋娃娃從來沒有講過話。」

外婆躺到床上，繼續說：「但這不表示它們不會講話。也許它們只是選擇不要講話。畢竟，茶壺會有什麼話好跟我說呢？『唉唷，水太燙了！』還是『行行好，再不把我肚子裡泡得溼爛的茶葉清掉，我都要感冒病死了。』」

「可是妳的洋娃娃呢？也許她有重要的話想說，」我追問：「像是『我今天頭上可以不要綁米黃色絲帶，改綁粉紅色絲帶嗎？』或是『那位英俊的小錫兵什麼時候還會再來拜訪呢？』」

外婆聽了笑起來，她說：「我可憐的洋娃娃比較有可能說『可以偶爾帶我到櫥櫃外面玩嗎？』我小時候很調皮，不太喜歡玩洋娃娃。我覺得爬樹、到處亂跑，還有追著男生打鬧要好玩多了。」

「跟我一樣！」我大喊，聽得開心不已。

「對啊，孩子，跟妳一樣。」外婆附和。

我伸出手臂抱住外婆鬆軟的胖肚子，對她說：「我最愛外婆了。」

「好了，好了，不用這麼激動。」她嘀咕著，但是從她溫柔的眼神，我知道她很高興聽到我這麼說。

「我們看看啊，」她說，翻開我的故事書：「要不要唸〈國王的新衣〉？」

我聽了忽然渾身發冷，很不舒服。一想到要唸這個故事，我就好難受。和媽媽共度的說故事時光裡，一直都有光著屁股、大搖大擺走在街上的國王陪著我們。媽媽不在我身邊以後，我只唸過一次國王的故事，是我來到波霍姆島的第一個晚上，那時的回憶一點都不愉快。

「外婆，我累了，」我輕聲說：「可以睡覺了嗎？」

我拉起鴨絨被蓋住頭，抱著兔子費瑞克沉入黑暗。剛剛心裡還充滿愛和喜樂，現在卻只剩下一種空洞的感覺，悶得我好想吐。我心想，這些可怕的時刻要到什麼時候才會結束？真希望想念媽媽的時候，心可以不要再這麼痛。

※

安吉麗娜一陣風似的衝到門口歡迎我們。她沒有對我身上的臭魚味，或是一路尾隨而來的三隻貓，停下來皺鼻子，甚至顧不得先跟我們招呼問候。她大喊著：「噢，暈暈緹啊！還有英格瑪莉亞！天大的壞消息！」

她看起來非常興奮，分明樂在其中，我根本不相信真有什麼壞事發生。她拽著我們進屋，推擁我們到廚房，桌上已經備好一壺茶和整個薑蛋糕。

「妳們絕對猜不到發生了什麼事！」她大喊：「實在太可怕了！」

她切下厚厚的三塊薑蛋糕，幾乎是用拋的放到盤子上，然後迫不及待要繼續講下去。在她滔滔不絕之前，我搶先道謝：「安吉麗娜，謝謝妳慷慨的給我厚厚一大塊蛋糕！」

「鎮上遭小偷了！湯林紳太太早上來找我，叫我要小心，她家的食物儲藏室半夜被人洗劫了。五罐最好吃的自製果醬憑空消失，廚房裡滿地麵包屑，那個小偷當場啃光了整條麵包。真是膽大包天！」

外婆挑高眉毛，很驚訝的樣子。不過我不確定讓她吃驚的是竊案，還是安吉麗娜請我們吃的蛋糕分量。

兩件事都讓我大吃一驚。我立刻就想到小偷是誰，但還是趕在蛋糕被收回之前，專心的埋頭大嚼。

「所以啊，」安吉麗娜講個不停：「我想最好還是檢查一下自家儲藏室，以防真有人來搗亂。猜猜我發現什麼？」

外婆輕啜一口茶。她不想猜，只是盯著安吉麗娜。我想外婆只是有點驚訝，沒想到這次拜訪竟突然變得這麼有趣。尤其安吉麗娜變得這麼精神抖擻，簡直跟童話故事一樣神奇。

安吉麗娜切了第二片超大塊薑蛋糕給我，然後大聲宣布：「三罐鵝莓醬跟整大塊乳酪不見了！」

她靠在椅背上，雙手抱胸，重重的點頭。

「天啊！」外婆說。這次我還是不確定，外婆這麼反應究竟是因為聽到安吉麗娜的話，還是因為看到我把蛋糕一次全塞進嘴裡。我不顧滿臉都是檸檬糖霜和蛋糕屑，堆起笑容喃喃向安吉麗娜道謝，讓她知道我衷心感激她忽然變得慷慨大方。

我吞下蛋糕，用我最甜美的聲音說：「請問可以再給我一點蛋糕嗎？」我其實不相信竟然有機會再吃這麼多安吉麗娜做的好吃蛋糕。

安吉麗娜激動得昏頭了，竟然又幫我切一片！我假裝沒看到外婆對我使眼色，一邊哼著〈小兔子快來這裡〉，一邊專心吃蛋糕。

安吉麗娜啜了口茶，小口咬著自己盤裡那片蛋糕，既緊張又興奮。

「妳們覺得誰會做這麼可怕的事？」她大叫。

我想到瘦巴巴的克勞斯，想到他偷拿的雞蛋，和他狼吞虎嚥吃掉本來要給威果的薑餅人的樣子。

「沒東西吃的人？」外婆問。

「不對，才不是！」安吉麗娜大喊：「一定是真的很邪惡的人。」

外婆靜靜的喝茶，安吉麗娜自顧自的講下去。

「大塊頭喬格森和湯林紳先生決定號召大家一起守夜，晚上會有一群男人到各家的農莊巡邏。我猜他們會帶乾草叉，碰到壞人才能自保，搞不好還會帶狗。他們一定抓得到小偷。等抓到人，就會叫警察把他帶走，送他回老家坐牢去！」

我腦中立刻浮現克勞斯被乾草叉戳傷、被惡犬撕咬成碎片的可怕景象。

我大聲嚥了下口水。

安吉麗娜和外婆盯著我。

「對不起，」我說：「有塊蛋糕卡在喉嚨裡。」

回家路上，我覺得肚子很不舒服。不知道是因為我不到十分鐘吃掉大半個薑蛋糕，還是因為我害怕克勞斯被抓去關，再也出不了監牢。

「外婆？」我說，還打了個飽嗝：「如果小偷是小孩子，也會被關進牢裡嗎？」

外婆斜眼瞄了我一下。

她問：「英格瑪莉亞，鎮上遭小偷的事，妳是不是知道些什麼？」

我也斜眼回瞄外婆一下，決定換個話題比較好。

「妳覺得等我們到家，會不會看到小黑蚤把地毯弄得一團糟啊？」我雀躍的問。

外婆嘆了口氣，像李維那樣翻了翻白眼。

我們到家就發現，小黑蚤真的把地毯弄得一團糟。我很慶幸，因為外婆要分心收拾，就不會再問起小偷的事了。

第15章

長翅膀的蘋果派

星期二早上，外婆又幫我洗了一次澡之後，大聲宣布我聞起來和一鍋煮滾的鱈魚差不多，下週一應該就能回去上學。

外婆問了二十個她可以想到最難拼的字，都沒辦法考倒我。每個字我都拼得出來，外婆似乎滿失望的。我寫了一篇有貓頭鷹、字典和五個瓷茶杯的故事，還寫了一份蘋果派的食譜，裡面所有材料是平常的三倍。

我們進去穀倉，各自從木桶裡抱了滿懷蘋果出來，中午之前的時間都忙著熬煮蘋果，烤了三個好大的蘋果派。外婆把兩個蘋果派收進食物儲藏室，第三個放在廚房窗臺，涼了就可以當下午茶的點心。

我們爬過好幾座山坡，還經過教堂，送了三打雞蛋到牧師家，沿途一隻貓都沒跟來。全身終於洗得清潔溜溜，我得意極了。

到家以後，外婆要我把裝蛋的籃子放回穀倉，她要在爐子上加熱牛奶幫我煮熱巧克力。我邊唱〈小丑登場〉邊跑過花園，一路上蹦蹦跳跳、手舞足蹈，才轉過木屋就迎頭撞上一個人。我嚇得大叫一聲，是克勞斯！他被我一撞，手上的蘋果派飛到半空，整個人向後跌在泥巴地上。蘋果派「啪！」的一聲砸在他身旁，我也摔倒在他身上，不停「唉唷！」喊痛。

外婆聽到門外的吵鬧聲，從廚房衝了出來。她皺眉瞪眼、兩手插腰。

我從克勞斯身上爬起來。

「外婆！」我倒抽一口氣。

不能讓外婆發現克勞斯就是波霍姆島上的邪惡小偷，我努力思索該怎麼解釋。

我盯著克勞斯和砸得稀爛的蘋果派，白底藍花的陶瓷盤四分五裂，地上至少有二十塊碎片。克勞斯坐起來，眼巴巴的望著一坨坨的蘋果餡和派皮，一點都不介意它們半泡在泥巴裡。

「外婆，」我再次開口：「妳絕對不會相信剛剛發生了什麼事！」

克勞斯一臉絕望，他用眼神懇求我不要出賣他。

我對他露出微笑，要他放心。一切有我。

「我蹦蹦跳跳才轉個彎，還開心的搖晃手上的籃子，就看到很神奇的事情發生了！」

外婆看起來有點狐疑，但我還是繼續講下去。

「蘋果派長翅膀了！我看到它在院子裡飛來飛去，克勞斯跳上跳下想抓住它。我就大喊：『天啊，克勞斯，你在做什麼？』他說：『我放學回家經過這裡，看到蘋果派長了翅膀正要飛走，我想最好抓住它，要不然英格瑪莉亞跟她外婆晚上就要餓肚子了。』所以我也過來幫忙，但是克勞斯跳起來抓住蘋果派的時候，我不小心跟他相撞，我們就全都跌在泥巴裡了。外婆，對不起。妳看，都是我的錯。克勞斯只是想當英雄抓住蘋果派。」

我對外婆甜甜一笑，又補充說：「就像是安徒生的童話故事！」

外婆重重嘆了口氣，她說：「真的很像！」

不知道為什麼，克勞斯忽然滿臉恐懼，還發出很像哀號的怪聲。

「好吧，」外婆說：「小伙子，那你最好進屋來。你是幫我們保住晚餐的英雄，沒有獎勵怎麼行呢？儲藏室還有兩個派，當然要邀你和我們一起喝下午茶。」

克勞斯目瞪口呆，眼珠都快掉下來了。他咧嘴露出開心的笑容，跟在外婆後面跑進廚房。

我從沒看過有人像克勞斯這樣狼吞虎嚥。他不像我在安吉麗娜家吃薑蛋糕，只是嘴饞才一直吃，他是真的餓壞了。他一口氣喝完整杯熱巧克力，我還沒開始吃，他已經把一片加鮮奶油的蘋果派吞進肚子裡。外婆好像沒注意到克勞斯的吃相，幫他再切了更大一片蘋果派。

我拿起握把有花朵圖案的湯匙，對它說：「謝謝漂亮的湯匙，有妳幫忙，我才能吃蘋果派。」然後開動。

克勞斯大笑起來。我想他是要嘲笑我，竟然相信湯匙、牛奶壺和茶壺會講話。

可是他沒有。他舔了舔他的湯匙，把它拿到眼前。

「謝謝你幫忙，讓我可以吃到好吃的派。」他用最有禮貌的語氣道謝。

外婆在桌邊走動，幫我們在杯子裡倒滿熱巧克力，在蘋果派抹上滿滿的鮮奶油，聽到時也輕聲笑了。

我很感激外婆，她相信我說蘋果派會飛的事是真的。我也很慶幸，她不知道克勞斯是小偷。我最感恩的是，我們就像真正的一家人，至少三個人坐在一起吃喝說笑的這一刻。

真正的一家人。

外婆派我、克勞斯跟小黑蛋去穀倉撿雞蛋。我在穀倉裡跑來跑去，介紹克勞斯認識所有動物。

李維背靠在一根粗大木柱上蹭癢，被人發現在抓癢，好像讓牠很難為情。牠向後貼平耳朵，生氣的粗聲嘶叫。普蘭蒂正在餵小豬，注意到我們向豬圈裡探頭，輕輕「哼哧」一聲跟我們打招呼。希爾妲和布洛珊懶洋洋的眨眼睛，假裝沒看到我們。我四處張望想找亨利，但沒看到，只好開始撿雞蛋。產蛋箱裡面、打開的整袋小麥上頭、和在大乾草堆邊緣留下的凹洞，都可能有蛋。

撿完蛋以後，我在乾草堆裡坐下，看著小黑蛋躡手躡腳跟在母雞後頭。牠們在玩遊戲。母雞知道牠在後面，只是假裝沒注意。等小貓一躍而起，牠們就會咯咯直叫還拚命拍翅膀，好像真的很害怕，其實不會真的嚇跑。這時，不知從哪裡冒出來的亨利，悄悄跟在小黑蛋後面，忽然拉開喉嚨，用最大的音量唱起牠的火雞歌劇：「嘎咯——咕咯——喀咯——咕咯——咯勒——咯勒——咯勒！」

小黑蛋嚇得用力哈氣、跳到半空，然後飛撲到我懷裡避難。

克勞斯在我旁邊趴下，邊笑邊拍拍小黑蛋。

他說：「謝謝妳編了派長翅膀的精采故事，妳真聰明。」

「我撒了大謊騙外婆。」我接話。

克勞斯漲紅了臉，盯著自己髒兮兮的膝蓋。我心想，為什麼天氣這麼冷，他卻穿著短褲。

「妳真好命。」他輕輕說。

我渾身發冷，壓抑很久的悲傷和怒氣再次湧出。

「你這大笨蛋！」我大喊：「我一點都不好命。我還很小的時候，就沒了爸爸，現在我媽媽也死了。」

看他沒什麼反應，我大吼起來：「我媽媽死了！死了，不會再回來了！意思就是我變孤兒了！」

克勞斯摳起一塊膝蓋上結的痂，靜靜的說：「有些事比變孤兒還糟。」

我好生氣、好傷心，只能握緊拳頭、緊閉雙眼，直到眼前有好多紅色的影子飛來轉去。等我張開眼睛，想再對克勞斯大吼幾句，他已經不見人影。

我跑到外面喊他的名字，但是沒有回音。我跑進廚房，也沒看到他。他走掉了。

第16章

祕密閣樓

當天晚上，外婆沒有再提起克勞斯。她忙著清理食物儲藏室，拿出三罐醃桃子、一大塊乳酪和五顆蘋果放在後門臺階上。

「這些都放太久了，」她說：「明早拿去餵普蘭蒂。」

我自告奮勇要馬上拿去，普蘭蒂看到晚餐加菜一定很高興。但是外婆劈頭就說：「不用！不用了，英格瑪莉亞，謝謝妳。很高興妳想幫忙，不過我希望妳能趕快去睡覺。明天會很忙，我打算好好清掃閣樓。」

沒想到外婆家有閣樓，我興奮得不得了，把臺階上的食物忘得一乾二淨。我忘了說，外婆拿出來的乳酪和醃桃子看起來一點都不像放太久，蘋果看起來比我們當天早上拿來做派的還新鮮。我忘了問外婆為什麼突然要清理食物儲藏室，她明明兩天前才清理過。我也忘了提醒她，醃桃子可能會跟蘋果派一樣，忽然長翅膀飛走。我甚至忘了問外婆，為什麼要在乳酪下面放一條毛毯。

我跳上床，等著外婆翻開我的《安徒生童話》。外婆也上床靠到我身邊，她提議一起唸〈幸福的家庭〉。故事講的是蝸牛老夫婦收養一隻小蝸牛，把他當成親生的孩子一樣疼愛。

「我們跟蝸牛一樣，」我跟外婆說：「雖然我不是妳的孩子，妳還是照顧我。」

外婆看起來若有所思。

「沒錯，英格瑪莉亞，妳不是我的孩子。但妳是我女兒的孩子，是我的家人，跟我自己的孩子一樣是我的寶貝。」

外婆接著做了一件事，我驚訝得不知道該歡呼還是掉淚。外婆伸手抱住我，把我拉進她溫暖綿軟的懷裡。她用力抱住我，緊到我瞪眼吐舌，她邊摩搓我滿頭的扎手短髮邊說：「英格瑪莉亞，我非常愛妳。活了這麼大把年紀，最棒的事就是有妳這個外孫女。」

外婆抱我抱得好緊，勒得我快不能呼吸，雖然肋骨都快被勒斷了，但是我不想要外婆鬆手。

我覺得好安心。

還是有人愛我。

有那麼一會兒，我覺得：這裡就是我的家。

但是我又想到，如果這裡是我的家，那哥本哈根就不是我的家了。表示我已經準備好拋下以前的生活。我很害怕，因為這樣就像是背棄了媽媽。

我不知道該怎麼想才好。

把外婆家當成自己家，表示我不再愛媽媽了嗎？

❁

閣樓藏在臥室上方的天花板裡，在一道暗門後面。外婆從穀倉搬來一把搖搖晃晃的梯子，我們架起梯子爬上閣樓。裡面黑漆漆、滿是灰塵，還住了一大家子老鼠。我提議讓老鼠搬去住客廳壁爐旁的箱子裡，但是外婆不准。

「英格瑪莉亞，老鼠很髒，牠們是害蟲！」她痛斥。

雖然不確定害蟲是什麼，但我猜可能跟野蠻人差不多，所以沒有爭辯。外婆把老鼠全趕進桶子裡，然後把桶子拎到屋外。外面陰沉寒冷，正下著毛毛雨，我為老鼠感到難過。

我們打掃了閣樓的地板、擦去灰塵，直到霉味散掉，空氣變得乾淨清新。空間很小，屋頂斜下來連到地板，但是外婆認為這樣夠用了。

我好困惑。夠用來做什麼？有另一家老鼠要搬進來嗎？還是小精靈家族？然後我想通了，她準備了新房間給亨利！

下午兩點鐘，我跟外婆做麵包。

「英格瑪莉亞．簡笙！妳胳膊和背心裙上的麵粉，比妳揉進麵糰裡的還多！」外婆大喊。她很想發脾氣，不過我猜她喜歡我陪她做麵包。

有人敲了一下門，我看到克勞斯在窗外探頭探腦。他一定是剛放學回家。

我心頭撲通狂跳。希望他沒有偷外婆的雞蛋。

外婆打開門，露出微笑。

「午安，克勞斯小伙子，願主保佑你。」

「午安，布魯蘭太太，」他說，很有禮貌的向外婆點頭：「午安，英格瑪莉亞。」

我還是很氣他昨天跟我吵一吵就不告而別，但是他很努力想跟我當好朋友，甚至不再叫我羊小妹。

外婆招呼他進屋，讓他坐在餐桌旁。

「麵包快好了，」她說，「我們做完就來喝下午茶。」

克勞斯微笑著悄悄說：「謝謝您給的桃子、蘋果和乳酪，很好吃。」

我吃了一驚。克勞斯剛剛親口承認偷了放在屋外要給普蘭蒂吃的東西，這樣外婆就會知道他是波霍姆島的小偷了！我絞盡腦汁編的故事，這下全都白費了。不管手上滿是麵粉，我朝自己額頭用力一拍，拚命的轉眼珠。

外婆也露出微笑，她說：「孩子，你找到吃的了，很好。那毛毯呢？」

「在穀倉裡，我摺起來放在柴堆上，謝謝您。」克勞斯回答。

我聽糊塗了。外婆和克勞斯之間的對話，和我預期的完全不同。我瞪大眼睛看看克勞斯，看看外婆，又再看看克勞斯。

「英格瑪莉亞，」外婆沉聲喊我：「別只顧著跟燻鯡魚一樣乾瞪眼，快把麵糰捏成小圓球。」

外婆把整盤形狀捏得剛好的麵糰放在爐子旁邊發酵，在深平底鍋裡加滿牛奶準備煮熱。等我捏好小圓麵包，下午茶已經準備好了：熱巧克力、杏仁糖蛋糕和我上午做的老鼠造型薑餅。「薑餅鼠」看起來不怎麼像老鼠，但我跟外婆解釋過，是因為老鼠被一個冷酷的老太太用掃把趕到又溼又冷的室外，才會變成被打扁的樣子。

我靜靜在克勞斯旁邊坐下，向外婆的茶壺點頭致意，接著小口喝起熱巧克力。

克勞斯從盤子上拿起一塊薑餅，他說：「哇！看起來好像老鼠。」

我笑了，馬上忘記前一天吵架的事，很快就和他有說有笑。等我開始擺弄薑餅鼠繞著餐桌跳舞，連克勞斯也加入，跟我一起邊玩邊唱：

「拍拍手呀蛋糕，
明天一起來烤。
一塊給媽媽，一塊給爸爸，
一塊給克勞斯小朋友呀。
咯勒——咯勒——咯勒。
真是——美味——啊。
咯勒——咯勒——咯勒。
真是——美味——啊。」

我把吃的薑餅拿來玩，以為外婆隨時會開口罵人，但她只是向椅背上一靠，邊喝茶邊微笑，好像眼前是世界上最美好的情景。

下午五點鐘，克勞斯準備要離開的時候，外婆說：「英格瑪莉亞，何不帶克勞斯看看閣樓呢？」

我們帶著蠟燭和小黑蚤爬上梯子，在舒適的小閣樓裡並肩坐下。

「這是給火雞亨利睡的房間，」我解釋：「以前住了一家老鼠，但是外婆說他們是跟野蠻人一樣的害蟲，把牠們趕出去了。」

小黑蚤哈氣抗議。牠很愛外婆，外婆說什麼、做什麼都是對的，就算做很可惡的事也一樣。

克勞斯咧嘴露出他的招牌微笑。

「亨利一定會喜歡住閣樓。我只希望牠不要整晚跑來跑去唱歌劇，把我們全都吵醒，」我說：「或是從暗門跌下來，直接掉在我們的床上。」

想到這個情景，我們忍不住吃吃笑。

「對了！」克勞斯大聲說：「講到唱歌我就想到，昨天上音樂課，妳猜發生什麼事？」

「奧特嘉老師有氣無力的彈琴，彈到在鋼琴上睡著，鼻子『啪！』的砸在琴鍵上？」我猜。

「不對！」克勞斯大喊：「我們跳起舞來了！奧特嘉老師一開始彈〈小兔子快來這裡〉，還沒等她反應過來，我、芬恩、努德和拉斯莫就開始繞著課桌學兔子跳，然後所有低年級小朋友都跟著跳起來了。」

我用力鼓起掌。

「還沒完呢，」克勞斯說，興奮得幾乎喘不過氣：「奧特嘉老師停下來，大叫要我們回到座位上，但是大家只是唱得更大聲，然後高年級的同學也跟著跳舞。尼勒森老師笑到滿臉通紅，第二段主歌唱到最後，連他也幫唱歌跳舞的大家打拍子！」

「那奧特嘉老師呢？」我倒抽一口氣。

「她坐在鋼琴前面又彈了一遍！」克勞斯大聲說。

我們笑到在閣樓地板上滾來滾去，笑到流眼淚還是停不下來，一直笑到外婆從暗門開口探頭進來，說了一句最奇怪的話，讓我們當場呆住。

「怎麼樣，克勞斯，喜歡你的新房間嗎？」

☼

外婆到底在想什麼？克勞斯有他自己的家，我們不能把他拐走。那等於把他偷走，我們都知道偷竊是不對的。

而且亨利要睡哪裡呢？閣樓裡沒辦法同時容納茶葉櫃一樣大的火雞再加一個男孩，以前住一大家子老鼠就有點擠了。

晚餐時間我從頭到尾沒講話，努力整理混亂的思緒。

克勞斯也沒講話。我在想，他是不喜歡喝湯，還是在想要怎麼有禮貌的告訴外婆，他真的得回家了，不然他爸爸會擔心。

我正要告訴他沒關係可以先回家，外婆開口了：「克勞斯，我想你該告訴我們你的故事了。」

我滿心期待，猜想他應該會講一個有火雞、閣樓和魔法乳酪，或類似情節的故事。我知道不會跟我編的故事一樣精采，但我還是很想聽聽看。

在我點頭鼓舞之下，克勞斯開始講他的故事。

「我媽媽一年前生小嬰兒的時候死了，小嬰兒也沒有活下來。後來爸爸生病，病了快一年都沒有好，二月的時候過世了，是四個星期以前的事。」

這絕不是我本來期待的童話故事。我目瞪口呆，驚訝得沒辦法合上嘴巴。就連外婆也沒有訓我，叫我別再像跳到地上缺水的鮭魚一樣張著嘴。

「爸爸過世以後，」克勞斯輕聲繼續說：「房東說我不能留下，我就離開了。我朝海邊一直走，去找姑姑，她住在古耶姆。但我走到那裡後，她說沒辦法再餵飽一張嘴，所以我又回來這裡。」

我想起掛在學校教室牆上的波霍姆島地圖。古耶姆離這裡至少有十五公里遠。也就是說，克勞斯去了又回來，整整走了三十公里。只有他自己一個人！

我的嘴巴張開又合上，不知道該說什麼才好。

「我沒地方可以去，但至少學校裡還有朋友。」

克勞斯幾乎哭了出來。

外婆伸手到餐桌另一邊，緊緊握住他的手。

「孩子，你晚上睡哪裡？」她問。

「睡在穀倉、磨坊，還有柴房，晚上沒鎖的地方我都睡過。有時候睡在樹籬下面，但是真的好冷。而且如果下雨淋得全身溼，隔天就沒辦法上學了。可是我很喜歡上學，教室裡溫暖乾燥，而且待在學校感覺很安全。」

「那你怎麼洗澡？」我問。

「在小溪裡，或是到港口旁用打水幫浦，」他淡淡的說，聽起來有一絲難為情：「很冷，而且沒辦法洗得很乾淨。」

「你都吃什麼？」我問。

但不用等克勞斯回答，一切都真相大白了。

克勞斯不是小偷，不是去別人家偷東西就很得意的邪惡男孩，甚至不是在家裡吃飽飽，還想去波霍姆島上每個人家裡偷東西的貪吃鬼。

他只是成了孤兒，而且無家可歸，一個人孤伶伶活在世界上，只求填飽肚子不要餓死。

難怪他會覺得我很好命！

我看著他瘦成皮包骨的指頭和髒兮兮的指甲縫，再看看他瘦削的臉龐。他看起來好傷心，而且更糟的是，覺得自己很丟臉。

我伸出手，握住他的另一隻手。

「沒關係，」我說：「亨利住穀倉就很開心了。你可以睡在牠的房間。」

克勞斯咧嘴微笑，整排牙齒都露了出來，接著放聲大哭。

第17章

苦命的老鼠一家

外婆要我到客廳跟小黑蛋玩。我離開廚房的時候，克勞斯興奮不已，因為他已經好幾個星期沒能好好洗個熱水澡。我敢說等到外婆開始狂抹狠刷，從他身上刷掉半層皮，再把他壓進水裡浸到快要溺水，他就會改變心意了。

從外婆的編織籃裡，我拿出一球白色羊毛線，讓毛線球滾過地板。小黑蛋飛身撲向毛線球，在上面又踢又抓，直到它變成蓬亂糾結的一大團。我想再滾一次，但是毛線球亂糟糟的滾不動，只好從籃子裡拿出另一球紅色的。我朝地上丟出毛線球，小黑蛋再次飛撲攻擊，牠咬啊拍啊繞的，弄得毛線全部打結纏在一起。

我拋了一球又一球給小黑蛋玩，把籃子裡所有毛線球都用完了。

等我停下來看看四周，才大吃一驚，我把外婆珍貴的毛線弄得一團亂！地板上這邊一堆、那邊一堆，紅色、白色、藍色、黑色跟綠色的毛線散了滿地。有幾團沾了小貓口水溼答答的，有幾團被拖過壁爐前的磚頭黏了黑黑的爐灰，有幾團像蚯蚓一樣長長的拖在地上，它們全部打結還磨出小毛球。外婆就算花一百萬年也別想解開。

我匆忙拿起編織籃，想趕在外婆看到之前清理乾淨，但是小黑蛋抓著毛線飛快的拖來拉去，我根本來不及收拾。

小黑蛋毛茸茸的腿上，纏了特別大一球白色毛線，我正努力奮戰想要解下毛線時，外婆走進客廳。

「英格瑪莉亞．簡笙！妳拿我的毛線做什麼？」外婆大吼。她插在腰上的厚實大手還滿是肥皂泡沫，不過我知道它們迫不及待，準備抓頑皮的小孩來揍一頓。

「外婆！」我深吸一口氣：「妳絕對不會相信剛剛發生了什麼事。」

克勞斯出現在外婆身後，他的臉粉嫩乾淨，頭髮整齊的梳成旁分。他身上的白色睡衣看起來很眼熟，我強烈懷疑是外婆的上衣，但他似乎毫不在意，笑得合不攏嘴。

我才對他回以微笑，就聽到外婆唉聲嘆氣說：「妳這孩子啊……」

「噢，外婆！」我大聲說：「我剛剛抱著小黑蛋安靜的坐在搖椅上，講小美人魚的故事給牠聽，妳猜發生了什麼事？」

我等著外婆回答，但她只是緊抿雙唇瞪著我，我只好自己公布答案。

「是老鼠一家，就是今天早上被妳從閣樓掃出去淋雨的那群老鼠，牠們從前門的門縫裡鑽進來了。」

我朝前門瞄了一眼，發現門板和地板之間密合得很，只希望外婆不會發現。

「最先進來的是老鼠爸爸，牠只穿一件夏天的輕薄外套，接著是老鼠媽媽，牠穿著輕薄的棉布洋裝，最後是十個老鼠小孩，牠們只穿了內衣褲。」

「只有八個老鼠小孩。」外婆糾正我。

「對，我是說八個，」我改口：「客廳裡只有爐火的光，所以從這裡很難看清楚。總之，老鼠全家都進來了，牠們只穿夏天的衣服，看起來又溼又冷。老鼠媽媽說：『噢老天啊，那個老婦人好可惡，在這麼陰暗溼冷的日子把我們趕出溫暖的家。我們得找些羊毛線，這樣我才能幫全家織幾件溫暖的毛衣，和幾頂上面有大毛球的紅色蓬軟毛帽，戴起來很可愛，在野外簡陋的新家裡也能保暖。』」

我偷瞄了一下外婆，看看她會不會覺得對老鼠很過意不去。看起來不會。克勞斯輕手輕腳走進房間，在壁爐旁邊坐下。看得出來，他恨不得馬上知道客廳裡發生了什麼事。

「想像老鼠們又驚又喜的樣子，」我大喊：「牠們竟然發現一籃五顏六色的毛線！老鼠爸爸開心得直抹眼淚：『噢！孩子的媽，用這裡的毛線可以織好多毛衣、毛帽甚至長襪，我們全家都有得穿！』可是太不幸了，每次老鼠爸爸想把毛線球丟給老鼠媽媽接住，小黑蛋就飛撲上去，又踢又抓又咬，把毛線球弄得纏成一團。」

講到這裡停下來，我忽然意識到故事裡有個大漏洞。貓最愛追老鼠。老鼠全家還沒靠近編織籃，小黑蛋就會開始追著牠們跑。

外婆走到搖椅旁邊，招手要我過去。

完蛋了！我想。要挨打了。

但當我走到外婆身邊，她只是在搖椅坐下，拉我坐到她大腿上。外婆輕輕的前後搖動，她說：「妳繼續說吧，我跟克勞斯都很想知道接下來發生了什麼事。」

克勞斯點點頭，他的嘴角上揚，兩眼晶亮亮的。

「好吧，」我說，嚥了一下口水：「你們一定以為小黑蛋會追老鼠，畢竟牠以前是野貓。但是客廳裡很暗，牠眼力又不好，雖然看得到五顏六色的大毛線球在房間裡飛來飛去，但老鼠是灰色的，在一片深黑的地板上，牠就看不出來了。其實牠還以為毛線球被施了魔法，才會在客廳裡飛來飛去，所以對毛線球發動猛烈攻擊，把它們弄得亂七八糟！」

克勞斯放聲大笑，還拍了一下大腿表示欽佩。

我微笑起來，很得意自己急中生智，讓故事這樣發展下去。

外婆在搖椅上前後搖晃，摸摸我的頭問：「那老鼠去哪裡了？」

「我知道！我知道！」克勞斯搶著說。

我瞪著他看。他明明在洗澡，怎麼可能會知道？但他還是講了故事的結尾。

「小黑蛋就像凶猛的黑色怪獸，老鼠看到怕得要命，全都逃進廚房。我在裡面洗澡，所以看到牠們了！」

外婆點點頭，喃喃說：「原來如此。」

「洗澡的時候，我把好多肥皂水潑到地上，」克勞斯又說，興奮得幾乎叫嚷起來：「老鼠跌跌撞撞、一路打滑，從廚房這頭一直滑到門口，又回到寒冷野外的來處了！」

「沒錯！」我大喊：「就是這樣！」

我向克勞斯眨了眨眼，謝謝他幫我想出這麼精采的結局。尤其他在故事最後，還想辦法用了「來處」這樣迷人的字眼，讓我印象非常深刻。

外婆停下搖椅之後說：「這樣啊，那我就當學了個教訓。以後再對老鼠不客氣，就要小心牠們跑回來用什麼方法懲罰我。明天要把打結的毛線全都解開，可有得忙了，不過至少有英格瑪莉亞在家幫忙。現在，你們兩個都上床睡覺！」

克勞斯先爬上閣樓，外婆讓我也爬上去跟他說晚安。外婆在閣樓裡放了鴨絨被、毛毯和枕頭堆，幫他鋪成一張床，克勞斯窩在裡頭安穩又暖和。

「謝謝你幫我想出那麼棒的故事結局。」我說。

他微笑。

外婆滿是皺紋的老臉從暗門口冒出來，活像從玩偶盒裡彈出來的小丑傑克，逗得我和克勞斯哈哈大笑。

外婆皺著眉抱怨：「我這麼大把年紀，最受不了家裡有蠢小孩吵翻天。」

但是我們都知道，她跟我和克勞斯一樣樂在其中。

克勞斯從被窩裡鑽出來，湊到外婆臉上親了一下。

「晚安，布魯蘭女士。」他悄聲說。

那種奇異的感覺又出現了，我好像和真正的家人在一起，這裡好像真的是我的家。

我心想，外婆和克勞斯是不是也有同樣的感覺？

第18章

遠走高飛的內褲

克勞斯很會擠牛奶，他爸爸生病前經營一家酪農場。聽到布洛珊在木桶裡淅瀝嘩啦噴出乳汁，我坐在希爾妲旁邊的凳子上還呵欠連連，努力找出最佳姿勢，心裡真不是滋味。布洛珊連一下都沒踢克勞斯，桶子裝到半滿時還扭過頭去，在他幫牠擠牛奶時舔他的頸背。克勞斯一直揮手趕開牠，但牠還是伸舌捲住他的手腕，舔舔他的指間，又回頭舔他的脖子。

外婆看得仰頭大笑。

看到外婆這麼關心其他人，李維吃起醋來。牠在她旁邊重重頓腳，還用牠的大方牙用力頂她的屁股。

「你這頭蠢驢！」外婆大喊：「哪天你不注意，我就把你送到哥本哈根的工廠做成黏膠！」

李維耳朵向後一貼，翻了翻白眼，粗聲嘶叫起來，一臉的倔強任性。外婆為了處罰牠，把早上要給牠的紅蘿蔔餵給普蘭蒂。李維更生氣了，在穀倉裡踱步打轉，踢柱子、踹空桶，連亨利也挨了一腳。亨利飛奔到外婆身邊尋求保護，梳理羽毛的同時，不忘像星期天的喬格森太太一樣尖聲高唱：「咯勒——咯咯——嘎咯——咭咯——咯勒！」

李維嫉妒的對象從克勞斯變成亨利。牠又抬起後腿一踢，踹飛豬圈柵門。十四隻肥嫩的粉紅小豬在穀倉裡四處亂跑、細聲尖鳴，聽不出是驚慌還是興奮。小豬的反應很難判斷。

外婆把鮮奶油放在碟子上餵小黑蛋，在普蘭蒂的飼料槽裡倒了滿滿一桶牛奶，將剩下的牛奶帶回屋裡，準備做成奶油和煮燕麥粥跟熱巧克力。

早餐很豐盛，等我跟克勞斯吃到肚子都快撐破時，外婆宣布克勞斯今天不能去上學。我問為什麼，她指著他的破爛短褲。上面有七個大洞露出他蒼白的皮膚，邊緣的縫線看起來隨時可能綳裂。

「我想，」外婆說：「應該可以撐到我們走到佩德森姊妹家。她們家裡有縫紉機，也知道怎麼縫一件耐穿的新長褲。」

克勞斯臉紅了。我知道不是因為短褲破好幾個洞。他是想到上次在佩德森姊妹家的事，那次他是去偷雞蛋。

「沒事的，克勞斯，」我說，捏了捏他的手：「蒂娜和歐嘉跟小孩一樣，也很調皮。」

他看起來半信半疑。

我揉了揉滿頭刺刺的短髮，微笑起來。

「她們很喜歡我，我可是波霍姆島上有史以來最調皮搗蛋的小女生，外婆妳說是不是？」

外婆微笑望著我，似乎真心為我的調皮搗蛋感到自豪。

❊

我們才下山坡，要走向佩德森姊妹的木屋，威果就跑出來歡迎我們。輪到克勞斯的時候，威果不再搖尾巴，還試探的聞聞克勞斯的手。我先餵威果一個薑餅鼠，又塞了兩個，牠才放鬆下來。

看到外婆這次帶了兩個小孩來看她們，蒂娜和歐嘉心花怒放。她們像興奮的母雞噓寒問暖、喋喋不休，推擁著我們進木屋。一剎掉我的帽子，她們更開心了，笑嘻嘻的揉亂我的頭髮。

「好活潑的小孩子！」蒂娜（也可能是歐嘉）說。

「是啊，調皮搗蛋真好玩！」歐嘉（也可能是蒂娜）大聲附和。

接著她們轉向克勞斯，異口同聲問：「這位又是誰呢？」

外婆一手按在克勞斯肩上說：「這是克勞斯，現在和我們住一起，需要幾條新長褲。」

整個上午，我跟克勞斯都和威果玩，我們比賽爬樹，在小路上跑來跑去。還要不時跑回廚房，吃歐嘉和蒂娜準備的食物，克勞斯也能試穿縫製到一半的褲子。等第一件長褲大功告成，外婆說暫時不需要我們，給我們一、兩個小時去比較遠的地方玩。

我們跑過牧場，威果跟在我們腳邊吠叫抓搔。這天陽光普照，今年吹來的第一道暖風，宣告春天真的快來了。跑到湍急的小溪旁，我們朝溪裡扔樹枝，然後沿著溪岸追著跑，想要趕上隨水漂流的樹枝。我們從山坡一側連滾帶跑下來，克勞斯的新長褲已經沾滿泥巴和青草。我們發現這裡是安吉麗娜的農莊後頭。

風和日麗，安吉麗娜把握時機。她的晒衣繩上晾滿衣物：雪白的床單、圍裙、上衣和軟帽，還有我這輩子看過褲管最細長的燈籠內褲。我指給克勞斯看，他偷笑起來。忽然颳起一陣大風，吹得燈籠內褲跟其他衣物上下左右狂飛亂舞，好像它們自己在半空中跑步。我們倒在草地上笑個不停，肚子都痛了。

不知道是因為開懷大笑一番，還是有克勞斯作伴，或只是冬去春來的天氣太美好，我玩心大起，很想調皮搗蛋。

「我們把燈籠內褲拿走！」我說。

克勞斯嚇了一跳。

「不行！」他說：「那就變成小偷了！我再也不要偷拿別人的東西。」

「我不是要偷走燈籠內褲，」我解釋：「只是借走它們。我會跑到山坡另一邊，把內褲當成旗子搖一搖，再把它們掛回晒衣繩上夾好。安吉麗娜不會發現的。」

「我不覺得這是個好主意。」克勞斯提出警告。

他還來不及攔阻，我已經翻過石頭圍牆，一路跑過後院。我抓住燈籠內褲，逃走的時候甚至朝風中大喊：「光屁股！屁股蛋！」

威果興奮的在我身邊打轉，尾巴搖個不停，還卯足了勁狂吠。

「威果，噓！噓！」克勞斯叫牠安靜，但是威果不聽他的話。威果喜歡這個遊戲，我敢說如果牠會講人話，一定會吠出「光屁股」、「屁股蛋」和「大內褲」這些字眼。

木屋後門「砰！」的打開。安吉麗娜發現有人惡作劇，怒氣沖沖的尖叫。

「快跑！」我大喊，拔腿跑上山坡，高舉在頭上的燈籠內褲隨風翻飛。

我是維京海盜，凶猛野蠻、無拘無束，波霍姆島任我亂跑。

克勞斯不知道還能怎麼辦，只好跟著我跑，大喊著：「羊小妹，別拋下我啊！」

安吉麗娜跳過她家的石頭圍牆，拚命追著我們。她揮舞手上的掃把，尖聲大吼：「小偷！小偷別跑！」沒想到這麼瘦的老太太，身手竟然這麼靈活。

威果感覺我們有危險，調頭追著安吉麗娜跑。牠又吠又跳，撲抓前後揮動的掃把頭。

我邊跑邊叫，尖喊聲中夾雜歡呼。從山坡另一側下來，沿著溪邊飛快的跑，爬上滾下越過兩座山坡，最後奔向通往佩德森家木屋的小路。

外婆、蒂娜和歐嘉跑出木屋，看看到底發生什麼事。

我還揮舞著安吉麗娜細長的燈籠內褲，腳下木鞋踩過泥地，濺得裙子、圍裙和臉上全是泥巴。克勞斯跑在我後面，又叫又笑。安吉麗娜快追上他了，她手裡揮舞的掃把幾乎拂過他的頭，每次一揮的勁風把他的頭髮掃得東倒西歪。

威果亂吼亂叫，終於發現自己抓不到掃把頭，決定改咬安吉麗娜的裙子。在尖喊、狂笑、怒吼和碰撞聲中，傳來驚心動魄的撕裂聲。威果把安吉麗娜裙子後面的大半塊布咬下來了！

外婆快步走到小路上，我緊急煞住腳步。克勞斯直接撞上我後背，我撲倒在外婆身上，害外婆也跌倒在地。安吉麗娜一下子停住，靠在立起的掃把上大口喘息，上氣不接下氣。威果嘴裡塞滿裙子的黑色亞麻布，牠咬著破布甩來甩去，不停低吼，好像咬住了什麼非殺死不可的野獸。

「威果，坐下！」蒂娜（或歐嘉）大喊，全場安靜下來。

看看自己周圍，我終於知道調皮搗蛋的後果。外婆跌坐在小路正中央，氣得直瞪眼。克勞斯的全新長褲不但磨破，還沾得全是泥巴，他滿臉驚慌恐懼。安吉麗娜扭過頭去，看屁股下面為什麼涼颼颼的。威果乖巧的坐在小路旁邊，假裝沒注意到後半片裙子就掛在自己牙齒上。蒂娜和歐嘉交頭接耳，唧唧喳喳活像兩隻興奮的蟋蟀。

我高舉安吉麗娜的燈籠內褲，最後一次感受褲管隨風飄盪。

「老天啊，安吉麗娜！」外婆大喊：「這件看起來，跟妳一八六三年主日學校野餐那天穿的那件一模一樣。」

安吉麗娜瞪大眼睛。

蒂娜（或歐嘉）大叫：「我敢說，真的一樣！就是套麻袋賽跑那次，暈暈緹壓到妳的裙子，嘩啦一下整片扯破，結果被大家看光光的那條內褲！」

「沒錯！」歐嘉（或蒂娜）跟著大喊：「我確定所有人都看到那條內褲，就連男生也看到了！」

安吉麗娜的眼睛瞪得更大了，她發出很像擤鼻子的怪聲。

「噢，不！」克勞斯悄悄說：「妳們把她弄哭了！我們這下慘了。」

但是安吉麗娜的表情不是傷心。她咧開嘴巴，很像擤鼻子的聲音愈來愈響亮。

蒂娜和歐嘉壓抑很久，吃吃笑了起來。外婆哈哈大笑，一手還拍著泥巴地。安吉麗娜捂著扁平的肚子，開心的咯咯笑。威果覺得好玩，放掉嘴裡的裙子也跟著呦嗚號叫。

觀察了外婆一整天，我想她一定在盤算怎麼教訓我昨天調皮搗蛋。等著接受處罰真的很折磨，我希望外婆趕快開罵。但是一提到細長的燈籠內褲，外婆就笑得前仰後合，站不住、坐不穩，不到五分鐘就笑歪了腰。

最後，克勞斯都快放學回家了，外婆終於在穀倉裡的乾草堆坐下，她說：「英格瑪莉亞，過來這裡，我有些話想說。」

我坐到外婆身邊，撥弄她的圍裙裙角。

「我小時候，」她說：「很活潑，也愛幻想，就跟妳一樣。我在學校裡常常闖禍，還害好朋友也跟著遭殃。就算我不想調皮搗蛋，最後似乎還是會弄得一團糟。」

「就像套麻袋賽跑的時候拉破安吉麗娜的裙子？」我問。

「沒錯，就像那樣！」外婆笑了：「還有我不小心推老師一把，害他跌到圍牆另一邊的黑莓樹叢……還有我教我家的驢子塔莉坐下，結果牠一屁股坐在大塊頭喬格森身上，就再也不肯站起來。這就是為什麼大家都叫我暈暈緹。我很野很皮，身邊所有人都被我弄得暈頭轉向，不知道接下來還會發生什麼刺激的事。」

「很棒啊，」我說：「外婆妳說對不對？」

「妳會以為很棒。但是大人教我們要長大成熟、要有規矩，因為一些很蠢的理由，我們都相信這表示不能再做什麼好玩的事。我們忘了怎麼大笑，怎麼大叫，怎麼四處亂跑。最糟糕的是，也忘了怎麼和大家一起玩鬧。波霍姆島的人沒注意到，主雖然讓我們有力氣工作，有眉頭可皺，但也讓我們有聲音可以唱歌，有兩條腿可以跳舞！」

「還有牙齒可以在微笑時亮相。」我熱心補充，咧開嘴想露出所有牙齒。

外婆大笑，喀喀咬響假牙回應。

外婆突然嚴肅起來，她說：「英格瑪莉亞，妳剛來的時候，其實我很擔心。我，年老無力的暈暈緹．布魯蘭，一輩子待在波霍姆島，要怎麼照顧從哥本哈根來的聰明漂亮小女孩，卻不會弄得一團糟？妳也知道，妳媽媽跟妳一樣，聰明活潑又有想像力，她為我的生命帶來喜悅。但是波霍姆對她來說太無聊了，小島上的日子很平淡，島上的人很難親近，她一點都不快樂，覺得快要窒息，所以她離開了。她坐了很久的船，去了遙遠的哥本哈根，就再也沒有回來。我也永遠失去她。」

眼淚從爬滿皺紋的柔軟臉頰不停滑落，外婆甚至不曾抬手去抹。我抱起小黑蛋放到她懷裡，伸手圈住她果凍一樣柔軟的肚腩。

她揉了揉我的豎直短髮，接著說：「孩子，我好怕同樣的事情會再發生。走下漁船的妳，看起來活潑自在、很不一樣，但跟妳美麗的媽媽一樣，都是我的心肝寶貝。我不想要妳變成呆板的波霍姆人。更讓我害怕的是，我會開始疼愛妳，之後卻要眼睜睜看妳永遠離開波霍姆、離開我，再也不回來。」

她抹掉滑落的眼淚，低頭向我微笑。

「但是我現在明白了，英格瑪莉亞・簡笙，」她輕輕說：「妳比老布魯蘭堅強多了，妳甚至比妳美麗的媽媽更堅強。沒有人能打敗妳，更沒有人能趕走妳。」

外婆雙手捧起我的臉。

滿臉笑容的她很自豪的說：「看看妳！妳不用逃跑，也不用改變。妳反而改變了我們，救我們脫離平淡無趣的生活。現在大家會閒聊，會大笑，生活中開始有意想不到的驚喜。以前我每天早上慢慢醒來，不用想就知道接下來一整天會怎麼過，一點樂趣也沒有。現在我每天早上醒來，興奮得頭都暈暈的，小貓啃我耳朵的時候，我就想：『英格瑪莉亞今天會做什麼呢？』有妳在，生活又變得新鮮有趣了。」

第19章

失而復得的幸福

過了放學時間，克勞斯還沒回來。我坐在圍牆上，望著草原的另一頭，焦急的等待他的金髮和招牌笑容從山坡頂上冒出來。

他終於出現，身邊還跟著佩德森姊妹和威果，一夥人遠遠看去五顏六色。蒂娜和歐嘉還是穿戴灰色的連身裙和軟帽，但是兩個人脖子上都圍了圍巾，一個是亮紫色，另一個是大紅色。克勞斯抱著一只藍色大風箏，風箏尾巴上橘色、黃色和綠色的絲帶，隨著他的步伐在微風中飄動。在鮮豔絲帶的環繞下，三人一狗形成一幅洋溢歡樂的大圖，就像朝鎮上行進的嘉年華隊伍。

不知道為什麼，我胸口忽然有點悶悶的。

克勞斯衝下山坡向我跑來，風箏在他頭上翻飛，威果在他的腳邊打轉。看到他燦爛的笑容，我心裡也就不悶了。

「妳看！」他氣喘吁吁的大喊，好不容易說完整句：「風箏！是歐嘉和蒂娜的，她們帶來借我們玩。」

威果汪汪抗議。

「威果也可以玩！」克勞斯笑著說。

我跳過圍牆，又叫又笑一路跑過山坡，頭上的彩色絲帶劈哩啪啦翻飛，身邊有一個咧嘴大笑的瘦巴巴男孩，還有一隻大灰狗繞著我的裙子褶邊跳躍撲騰。眼前色彩繽紛，耳邊充滿歡笑，木鞋飛掠草地，風在髮間呼嘯。我們橫衝直撞，跑跳嬉鬧，玩瘋了頭。

我回頭望向山坡下的木屋，外婆、歐嘉和蒂娜在看我們。

「來嘛！」我朝她們大喊：「一起來玩！」

最意想不到的事發生了：她們開始跑上山坡，歐嘉和蒂娜小跑步起來像兩頭老母山羊，外婆搖搖擺擺好像一隻肥鴨。

她們也來一起玩鬧。

⁂

外婆宣布，克勞斯星期六又可以放假一天。

「有重要的客人來家裡拜訪，」她鄭重的說：「星期一你們兩個就可以去上學了。」

家裡這下好像跑出兩隻蚱蜢，我跟克勞斯興奮的蹦上跳下，很想知道是誰要來。發現是歐嘉和蒂娜的時候，我們有點失望，但是她們眉開眼笑、吱吱喳喳，還帶來好大一個黑棗派，我們也就心滿意足。

下午吃完點心，我們想先出去玩，但是外婆要我們留下。

「克勞斯，」外婆開口：「你是個特別的孩子，我跟英格瑪莉亞都很歡迎你跟我們住在一起。」

不知道為什麼外婆要講這些話。我都知道，相信克勞斯也明白。

「但是，」她繼續說：「現在有一個很好的機會。」

外婆解釋的時候，佩德森姊妹一直朝克勞斯點頭微笑。

「如果你願意去住佩德森家，她們會很欣慰的。歐嘉和蒂娜人很好，家裡也很溫馨舒適，她們一直很希望家裡能有個小孩。你以後吃、穿都不用擔心，還會有自己的臥室。」

蒂娜和歐嘉笑容滿面，你一言、我一語，熱烈討論起來。

「有小男生來陪威果玩，牠一定會很開心。」

「你可以再養一隻小狗。」

「到了夏天，我們每天都可以帶你去海邊。」

「歐嘉會做全世界最好吃的黑莓奶酥餅乾。」

「蒂娜很會做火車跟飛機模型，我們可以做整個系列！」

我很生氣。

「謝謝妳們的提議，」我有禮貌但很堅定的說：「但是克勞斯在這裡很快樂。」

我把椅子朝後一推，稍微提高聲調：「走吧，克勞斯。我們去找李維跟桶子一起玩！」

克勞斯坐著不動。

「克勞斯，走啊！」我大叫：「跟她們說，你不想離開我跟外婆！」

但他還是坐在桌旁。看他的表情就知道，我失去他了。

他撥弄著點心盤裡的黑棗，在盤子上抹出一道黑棗泥。

克勞斯深吸一口氣，他說：「英格瑪莉亞，妳是我最好的朋友，我也喜歡住在這裡。可是布魯蘭女士是妳的外婆，妳的家人。我想每個人都該擁有自己最特別的家人。」

他站起來。我忽然異想天開，以為他會改變主意，跟我去穀倉找李維比賽踢桶子。但是他沒有。

他繞到餐桌另一邊，站在蒂娜和歐嘉中間，向左右伸出手臂摟住她們的脖子。

「每個人都應該擁有自己最特別的家人，」他又說了一遍：「妳有外婆，以後我會有蒂娜和歐嘉。」

蒂娜和歐嘉激動得幾乎跌下桌。一個滿臉通紅、又笑又叫，另一個伸手將克勞斯的額前金髮撥開，無比慈愛的凝望他的臉。我看得心頭好酸澀。

可是克勞斯……克勞斯看起來就像找到他的家了，我也沒辦法再生他的氣。

❂

克勞斯一搬走，從前的孤單和痛苦又回來了。我覺得好冷、好難受。我鑽到鴨絨被裡，緊緊抱住費瑞克，號啕大哭。

外婆帶小黑蛋進房，把牠塞進被窩裡，雖然家裡的規定是牠絕不可以鑽進被子裡。我的眼淚怎麼也止不住。

天色慢慢暗下來，我聽到臥室的門打開，地板上響起啪噠啪噠的腳步聲。忽然「撲啪！」一聲，床重重震了一下，亨利拉著高音開始唱歌劇。

「咯勒——嗄咯——咕咯——喀咯——咯勒——咯勒——咯！」

我掀開鴨絨被大喊：「亨利不要吵！我還在哭！」然後又把頭埋回被子裡。

聽到外婆拖著李維穿過客廳進了臥室，我想這次真的哭太久了。我從被子下面偷看，發現自己和一隻褐色驢子小眼對大眼。牠咧起厚脣露出大牙，翻起白眼，嘶叫到喉嚨都啞了。牠嘶吼完以後，朝被子裡拱鼻嗅聞，忽然一口咬掉費瑞克剩下的一隻耳朵。

外婆揍了一下牠的屁股，拉著牠出木屋回去穀倉，兩個一路上互吼對罵個沒完。等外婆回來，我已經用枕頭抹乾眼淚，在床上坐得直直的。

外婆爬進被窩，將我摟近身邊。

「離別總是讓人很難受。」她溫柔的說。

我啜泣起來，外婆輕輕說：「有人離開我們的時候，傷心難過也沒關係，這表示我們很幸福。在人生中遇見自己特別喜愛的人，因為他們有了很特別的體驗，是很幸福的事。」

思索了一會兒，我說：「如果人生中都沒有遇見任何特別的人，就永遠不會傷心難過，但也永遠不會覺得幸福快樂了。」

「妳說得對極了。」外婆附和。

「但是克勞斯要離開我們的時候一臉開心。」我又哭了。

「不對，孩子，」外婆糾正我：「他不是因為要離開我們而開心。他開心，是因為他又有機會擁有屬於自己的家人。而且，他又不是再也不回來。妳每天上學都會看到他，有空就可以一起玩。」

我知道外婆是對的，心裡稍微好過一點。

但想到那些再也不會回來的人，眼淚又不停滑落。

我想分心去玩棉被角，嘴唇還是忍不住顫抖。

「媽媽不會回來了，」我泣不成聲：「再也不會回來。」

「她不會回來了，這件事讓人心痛不已，我們會一直記得。」

外婆熱燙的眼淚落在我頭上，從我的臉龐滑下，和我的眼淚混在一起。

「我不想再每天傷心難過了，」我坦承：「可是我怕要是我不再悲傷，適應沒有媽媽的生活，我就會忘記媽媽。以後她就好像從來沒有存在過。」

「不是的，英格瑪莉亞，」外婆輕輕嘆氣：「適應沒有媽媽的生活，不表示妳忘記她。只是表示妳把她所有的好記在心裡，每天學著少哭一點、多笑一點。有一天早上妳醒來，會發現自己已經好幾天沒有想起媽媽，但不表示妳會忘記妳們一起度過的日子。有時候，很久很久以後，在妳最想不到的時候，妳想到還是會掉眼淚，那也沒有關係。」

我想挨外婆緊一點，手肘突然碰到硬硬的東西。是我的《安徒生童話》。我把故事書從枕頭下面抽出來，翻過好幾頁，翻到〈國王的新衣〉。

我把故事書遞給外婆。

外婆大聲唸起故事，講到愚蠢的國王不關心國家，只愛華麗的衣服。我一開始提心吊膽，等待讓我難受的可怕感覺出現。但是等外婆唸到狡猾的織布工匠宣稱，他們織的布只有聰明人才看得到，我發現自己微笑起來，期待聽到國王即將犯下的錯誤。

我把費瑞克抱到腿上，讓它也能一起聽情節發展，小黑蛋蜷縮在費瑞克旁邊。奇怪的感覺又出現了，好像我們是真正的一家人，一起沉浸在故事裡。

唸到國王突然發現自己光溜溜的在全國遊行，我吃吃暗笑。我們一下子全都瘋狂大笑起來。外婆像一大碗果凍不停抖動，我在她懷裡笑到不停打嗝。

忽然，亨利拍著翅膀跳到床上，抖開羽毛放聲高唱。

「咯勒——咯勒——咭咯——喀咯——咯勒——咯勒——咭咯——嘎咯——咯！」

我笑個不停，直到淚流滿面，有喜悅的淚水，也有悲傷的淚水。

媽媽再也不能陪我唸蠢國王的故事了，但是我還保有一起唸故事的珍貴回憶，現在還有新的一家人和我分享故事。

有笑，但也有淚。

有喜，但也有悲。

有愛，但也有失去的痛。

都有的時候，也沒關係。

我現在懂了。

第20章

神奇的野餐

七月的第一天陽光普照，徐徐暖風中洋溢甜美的花香，小島上充滿夏天的活潑氣息。地上鋪著藍色的野餐毯墊，我們在毯上圍坐一圈，中間擺滿麵包、奶油、杏仁蛋糕、乳酪塊、草莓奶酥餅乾和火雞形狀的薑餅。

外婆、安吉麗娜、蒂娜、克勞斯、歐嘉和威果都在。我對每個人微笑，陶醉在大家有說有笑、其樂融融的景象。繫在附近樹上的李維，把屁股抵在樹上蹭個不停，一定是馱野餐籃過來害牠發癢。小黑蚤藏身在長草叢裡，鬼鬼祟祟的跟蹤威果。

外婆端起白色大牛奶壺，幫每個人倒了一杯牛奶。安吉麗娜切杏仁蛋糕，每片都很厚實。

克勞斯拿起一片草莓奶酥餅乾盯著看，一隻眼還瘀青腫脹。現在學校裡每個星期四，女生也可以在草地上玩，我、蘇菲和艾倫開心極了，但克勞斯、芬恩、拉斯莫和努德就沒有好日子過了。不等克勞斯把餅乾放進嘴裡，威果一口叼走，狼吞虎嚥吃個精光。蒂娜和歐嘉興高采烈，好像克勞斯做了什麼了不起的事。她們很疼愛克勞斯，我打從心底為他開心。

外婆說：「英格瑪莉亞，可以傳給我妳烤的薑餅火雞嗎？」

我將盤子遞向外婆，她認真檢查整盤，挑了其中一個。

「真高興看到每個都長了至少三隻腳，」她讚賞的說：「長兩隻腳很不錯，長三隻腳的火雞就真的讓人大開眼界了。」

她一口咬掉薑餅火雞的頭，閉眼專心品嘗。

小黑蚤從長草叢裡飛撲出來，牙齒和爪子深深掐進威果後背。威果痛得哀叫，像飛箭一樣衝過野餐墊，打翻了牛奶，壓碎了餅乾，還撞得外婆臉朝下趴到麵包和奶油上。

安吉麗娜咯咯笑著從外婆臉上剝下一片麵包，扶她坐好。李維看到外婆遭殃，幸災樂禍的甩著尾巴，齜牙咧嘴開心嘶叫。克勞斯、蒂娜和歐嘉狂笑到在草地上打滾，最後全部滾成一團。

我靜靜的坐在一旁，望著大家好一會兒。

媽媽一定很愛這樣的野餐。

屏住呼吸，我等著想念媽媽時揮之不去的心痛。但是不痛了，心中只有幸福，還有一股暖流湧入。

外婆朝我微笑。她雙眼閃閃發亮，張開手臂等待著。

我撲到熟悉綿軟的懷裡，抬頭親一下她沾到奶油的臉頰，舔舔嘴脣，大笑起來。

故事背景介紹

波霍姆是波羅的海上的一座小島，位在瑞典和波蘭之間，是丹麥的領土。從前交通不便，小島居民與外界少有往來。

波霍姆島最著名的是優美的濱海村莊、獨特的圓形教堂、晴朗天氣和煙燻鯡魚。煙燻鯡魚是把海裡抓到的魚，吊掛在一間特別建造的煙燻室裡，用火堆悶燒出的煙燻很長的一段時間。燻魚乾很好吃，但是聞起來有股濃重的魚腥味。

哥本哈根是丹麥的首都。市容很優雅，別致的公寓樓房林立，有美麗的公園、城堡和運河，還有蒂沃利花園——這是全世界第一座遊樂園。

漢斯·安徒生是丹麥作家，一八〇五年出生，一八七五年過世。他創作的童話家喻戶曉，一直流傳到今天，是寫給小孩和大人一起看的故事。裡頭隱含關於人生的深遠寓意，大家最耳熟能詳的幾則包括〈醜小鴨〉、〈豌豆公主〉、〈小美人魚〉和〈國王的新衣〉。

直到一九七〇年代，丹麥的小孩一星期要上學六天，只有星期天放假。

書中的故事發生在一九一一年，那時的世界和現在很不一樣，對男生和對女生的教養大不相同，社會上期待女生成為文靜的小淑女。家長和老師對待小孩多半很嚴厲，不像今天會給予小孩他們需要的支持和關懷。

致謝

我真心覺得自己很幸運，有眾多聰慧好心的人與我相伴，對於故事最後的樣貌帶來實質而且重大的幫助。衷心感謝創作生涯中各位傑出聰穎的貴人：我的責任編輯席倫・賓格。非常感謝妳再一次全心全意投入故事，陪我和所有角色一起在書中世界開心玩鬧。

發行人泰根・莫里森，和我的經紀人芭芭拉・莫彼斯。謝謝你們一直以來不吝給予建議、支持和鼓勵。

媽媽和爸爸。任何寫作者都需要至少兩名死忠書迷，更棒的是，你們和貓頭鷹長老一樣睿智。

外子卡斯坦。謝謝你擔任真人旅遊指南帶我認識丹麥，仔細聆聽我寫下的一字一句。Jeg elsker dig（我愛你）。

故事館 75
惡作劇女孩
The Girl Who Brought Mischief

作　　者　卡崔娜．南斯塔德（Katrina Nannestad）
繪　　者　Salt&Finger
譯　　者　王　翎
編輯協力　吳毓珍
責任編輯　汪郁潔

國際版權　吳玲緯
行　　銷　闕志勳　吳宇軒　余一霞
業　　務　李再星　李振東　陳美燕
副總編輯　巫維珍
編輯總監　劉麗真
發 行 人　凃玉雲
出　　版　小麥田出版
10483台北市中山區民生東路二段141號5樓
電話：(02)2500-7696　傳真：(02)2500-1967
發　　行　英屬蓋曼群島商家庭傳媒股份有限公司
城邦分公司
10483台北市中山區民生東路二段141號11樓
網址：http://www.cite.com.tw
客服專線：(02)2500-7718｜2500-7719
24小時傳真專線：(02)2500-1990｜2500-1991
服務時間：週一至週五09:30-12:00｜13:30-17:00
劃撥帳號：19863813　戶名：書虫股份有限公司
讀者服務信箱：service@readingclub.com.tw
香港發行所　城邦（香港）出版集團有限公司
香港九龍九龍城土瓜灣道86號順聯工業大廈6樓A室
電話：852-2508 6231　傳真：852-2578 9337
馬新發行所　城邦（馬新）出版集團 Cite (M) Sdn Bhd.
41-3, Jalan Radin Anum, Bandar Baru Sri Petaling,
57000 Kuala Lumpur, Malaysia.
電話：+6(03) 9056 3833　傳真：+6(03) 9057 6622
讀者服務信箱：services@cite.my
麥田部落格　http://ryefield.pixnet.net
印　　刷　前進彩藝股份有限公司
初　　版　2020年3月
初版五刷　2023年11月
售　　價　320元
版權所有．翻印必究
ISBN 978-957-8544-28-4
本書若有缺頁、破損、裝訂錯誤，請寄回更換。

The Girl Who Brought Mischief
Copyright © Katrina Nannestad, 2013
First Published in English in Sydney, Australia by HarperCollins Publishers Australia Pty Limited in 2013.
This Complex Chinese Characters language edition is published by arrangement with HarperCollins Publishers Australia Pty Limited.
The Author has asserted her right to be identified as the Author of this work
Complex Chinese translation © 2020 by Rye Field Publications, a division of Cité Publishing Ltd.
All Rights Reserved.

國家圖書館出版品預行編目資料

惡作劇女孩／卡崔娜．南斯塔德（Katrina Nannestad）作；Salt&Finger繪；王翎譯. -- 初版. -- 臺北市：小麥田出版：家庭傳媒城邦分公司發行, 2020.03
面；　公分. --（故事館；75）
譯自：The girl who brought mischief
ISBN 978-957-8544-28-4平裝）

887.159　　109001367

城邦讀書花園 www.cite.com.tw
書店網址：www.cite.com.tw